천행건의 시학

예술가 비평에세이션 1

천행건의 시학

초판 1쇄 발행 2023년 6월 5일

지은이 안수환

펴낸이 한영예
편집 박광진
펴낸곳 예술가
출판등록 제2014-000085호
주소 서울 송파구 문정로13길 15-17 201호
전화 010-3268-3327
팩스 033-345-9936
전자우편 kuenstler1@naver.com
인쇄 아람문화

ISBN 979-11-87081-28-9(03810)

예술가 비평에세이선 1

천행건天行健의 시학

안수환 비평집

예술가

책머리에

당혹을 지우기 위해

가슴 떨리는 순간 나는 시인이 됐지만, 아직도 나는 시인이 될뻔한 상태에 머물러 있는 것 같다. 평생을 소비하면서까지 익혀 온 시가 낯설기 그지없기 때문이다. 말의 변덕을 피한다고는 했지만, 말의 실체적 대상 앞에서는 내 말이 서투를 뿐만 아니라, 객관적인 필연으로부터도 멀찍이 밀려난 감 또한 지울 수 없다. 물론 여기에 옮겨 놓은 글들이라고 해서 저러한 당혹에서 자유로운 것은 아니다. 씨알이 없는 쭉정이가 되지 않기를 바랄 뿐이다. 내 원고를 꼼꼼히 읽어 준 아내 유정옥 시인에게 감사하고, 내 문학의 후원자 박찬일 교수의 후의에 깊이 감사드린다.

2023년 초여름

觀風齋에서 안수환

목차

1부

삶의 밀어가 아닌 진실의 다이모니온을 위해
—관능과 영험

1

가끔 우리는 꿈결 속에서 무정형의 혼돈으로 흔들리는 영혼의 복사複寫를 본다. 시인의 예술적인 영감靈感은 항용 그런 모습으로 나타난다. 꿈은 우리네 삶의 내면화로 얼버무린 허식虛飾이거나 그와는 정반대로 우리네 삶 한복판을 꿰뚫는 먼 하늘 천체운동의 광채로부터 건너온 에테르aether의 방향인지도 모른다. 꿈의 재생[즉, 디오니소스적인 꿈의 복귀]을 저버린 채 시인은 어찌 지상의 강박으로부터 울려 퍼지는 영혼의 목소리를 들을 수 있겠는가. 인간의 정신은 정체되는 법이 없다. 정신은 정신 자체로 형이상적인 까닭에 바윗돌 앞에서도 드러나고, 부재의 의미공간[혹은, 심연의 미궁] 속에서도 훨씬 섬세하게 복원된다. 결국 영혼과 그 영혼을 둘러싼 사물과의 일치를 통해 시인은 홀연 세계이해에 관한 예술적인 감응을 찾아낸다. 그의 언어는 감각이든 개념이든 마침내 은유의 포물선을 그려

가면서 막강한 존재의 영향권 속으로 침투한다. 그런즉 시적 인지의 핵심은 존재 유역으로 미끄러지는 불확실함이 아니라 순수하고 천진난만한 영혼의 비상飛上에 의해 재가된 레토릭임에 분명하다. 나는 더 이상 나 자신이 누구인지 또 무엇인지도 알 수가 없다. 이때는 은유적 표현이 실효를 거두는 순간이다. 은유는 진리·조화를 말하지 않는다. 진리·조화에 대한 우회적인 표현이면 족하다. 말은 본질적으로 허구로 진행되는 의식의 지형물일 뿐이다. 시는 그러므로 언어가 전달해 주는 의미·이미지만으로는 부족한 의식의 보정물補整物일 수밖에. 이제부터는 시인의 낱말은 굳이 인지의 편광偏狂 속에 휩싸일 것도 없다. 신화적인 지각의 느낌만으로도 족했다. 하늘로 가기 위해서는 신화형식의 돌계단을 밟고 오르기만 하면 되니까.

2

시는, 시인이 바라보는 대상물에 관한 관찰을 통해 드러나지 않고 그 대상물의 형상에 관한 순수 예감의 촉발을 품고 다가온다. 대상물의 외형에 관한 전반적인 인상과 또 그것들에 대한 육감적인 윤곽은 시인 자신의 순수 주관과는 동떨어진 흔적인 고로 공연히 그의 눈가로 밀려오는 주름들일 뿐이다. 예감은 늘 감춰지지 않고 현재라는 시상時相의 전의식으로 건너와 갖은 현상과 그 현상의 의미망網으로 연결된 자극을 통해 다양한 비견比肩·유추類推를 만들어 낸다. 시인이 오랫동안 간직해 온 혼자만의 생각은 이때 사라진다. 그 대신 그의 의식은 시적 계시의 의미심장한 모순율에 사로잡힌 채 세계이해의 방향에 대한 정신화의 조정調整을 다시 추스른다. 그는 영혼이 안정될 수 있도록 자기 자신의 욕망을 다스려야 했다. 황홀함이 아니다. 시적 흥분을 가라앉히기 위해서라도 그는 단순하면서도 자연스러운 마음의 정밀靜謐이 필요했다. 우리를 에워싸고 있는 현상은 사실상 어느 정도까지는 실제로 존재하는 삶의 형태들이지만 그 나머지는 시인의 주관에 따라붙는 그로테스크한 인식의 변용들이다. 그런즉 시적 진실의 예기豫期[혹은, 사실과의 교감]를 돌려받기에는 그만큼 어려워진 것이었다. 그러기에 시인은 섣불리 상징을 원용할 수 없다. 상징은 쉽사리 순수 지향의 메아리로 해체되지 않는다. 상징은 다만 엉뚱하게도 불분명한 의미 대상의 유위전변有爲轉變으로 흘러 다니면서 이해할 수 없는 형이상의 열락悅樂에만 휩싸이고 있었던 것. 오늘날 수많은 시인이 즐겨 쓰는 언어유희[즉, 진리의 참칭僭稱]는 달리 말하자면 저와 같은 상징의 복수複數로 이어지는 형용사일 따름이다. 그랬다. 저와 같은 언어유희의 복사輻射는 믿을 게 못 된다. 물론 어떤 상징은 그러나 은유적 표현의 그림자를 통과한 뒤에는 곧바로 실제 대상의 핵심어로 다시 바뀌게 된다. 달리 말하자면, 인간의 고통은 쾌락과는 다르게 우리네 삶의 상승을 위해 좀 더 새로운 상징 공간으로 열려 있지 않았던가. 사실인즉 진리 체계에 관한 한 여러 정황의 투사projection에게 말을 건네는 영혼의 낱말이 없다면 우리네 삶이란 얼마나 지루할 것인가. 시인의 낱말이 특별히 풍요로운 것은 그 때문이다.

3

그러나, 그렇더라도 시는 시인의 안목을 넓혀 주지 않는다. 두말
할 필요도 없이 시인의 명상적인 예기豫期[혹은, 숙고에 숙고를 거
듭해 가는 예지叡智]가 시의 탄생을 주도한다. 일찍이 공자孔子 BC
551년~BC 479년는 이렇게 말했다; "사람이 도를 넓혀 가는 것이지,
도가 사람을 넓혀 주지는 않는다"(인능홍도 비도홍인人能弘道 非道
弘人—『논어』「위령공衛靈公」). 시는, 시인 뒤에서 뒤늦게 나타나기
때문이다. 그렇지 않고 시인의 언어가 말로 표현하기 어려운 수
다로 물들게 되면 진리에 집중하는 정신은커녕 비본질의 혼효混
淆가 그의 인품을 갉아먹고 만다. 비유컨대 그의 술잔을 채운 법
주는 술로 채워진 정의情意가 아니라 얼토당토않은 공허로 채워진
소멸일 뿐이었다. "고가 고가 아니라면[즉, 그의 고는 그냥 헛된
말일 뿐이다], 어찌 고라고 하겠느냐 어찌 고라고 하겠느냐"(고
불고 고재고재觚不觚 觚哉觚哉—『논어』「옹야雍也」). 다시 말해 보자.
아름다움은 어디 있는가. 아름다움은 아름다움의 응결이 아니라
아름다움을 아름답게 바라보는 시인의 예지로 말미암는다. 아름
다움은 사물이 아니다. 시인은 사물의 외형 쪽에 '어떤' 이름을
잠시 붙여 줄 뿐이다. 저와 같은 시인의 인식은 사물의 침묵을 불
러내 형상의 경계로 삼아 가며 천지 감응의 맥락을 더욱 깊이 펼
쳐 놓는다. 시인의 상상력 속에는 언제든지 형이상의 영묘한 영
기靈氣가 샘솟는 까닭이다. 그것이야말로 심중에 박혀 있는 경외
감으로 이어지는 찰식察識의 동체라 할만한 것이었다. 그 같은 동

체가 불가시적인 본유本有를 관장한다. 사물은 사물로서의 비의祕
意를 품고 있어도 항용 시인의 지속적인 투시를 통해 이미지의 매
질로 이어지게 마련이다. 모호한 현실이 사물의 연동聯動을 가둬
놓을지라도.

4

보자. 우리네 현실은 우리네 현실 이상의 실재성을 통해 언제든
지 어떤 미지의 존재와도 스스럼없이 만난다. 세상과의 인연은
외관에만 묶인 현상계界가 아니기 때문이다. 나는 나 자신 얼굴에
국한된 불완전한 관능을 훨씬 지나 지성·상상력·무의식으로까지
건너가는 우주적 초월의 엑스터시를 끌어안고 살아간다. 그러기
에 우리는 불변의 배경을 쳐다보면서—정신의 목소리에 귀를 기
울여 가며 한껏 순수의 눈동자와 마주치기도 하는 것이다. 우리
네 시간은 때로는 불안감에 사로잡힐지라도 또 때로는 그렇게 신
화적인 정령精靈의 물결 사이로 넘나들며 흘러간다. 이때는 시인
의 생각이 천진난만한 눈매의 예단豫斷으로 무르녹는 때다. 시인
의 언어는 자연의 원초적인 투명성과 어울리면서 외부 형태의 굴
곡을 가능한 한 낭만의 무정형으로 바꿔 놓는다. 그의 낱말은 더
이상 신비의 화려함·과장으로 확대될 필요도 없었다. 시인이 지
켜 가는 평상심이 그 자신의 의식과 무의식과의 간격을 통합하고
있었으므로.

5

시는 어디서 오는가. 간단히 말하자면, 시는 개념이 아닌 고로 시를 위한 무슨 제안이거나 혹은 시인의 영혼을 칭송해 마지않는 예술적인 형식 따위에는 아예 눈길을 주지 않는다. 자연의 빛깔이면 어떻고, 신神에 대한 불복종이면 어떻고, 권태로운 감각이면 어떻고, 진리의 유형에 대한 항변이면 또 어떤가. 예술을 위한 예술은 존재하지 않는다. 시는 추악한 것, 부패한 것, 무가치한 것, 불합리한 것, 현실로부터 동떨어진 쓸모없는 공허까지도 바보처럼 끌어안는다. 시는, 수수만년 우리네가 살아온 비위에 맞지 않는 쾌락을 맨 먼저 삭제했다. 시인이 시인으로서 살아가는 감회는 불가해한 존재 유역에 관한 숭고미에 있는 것이 아니라 실상은 낮익은 세계이해의 변형들과 수시로 접촉하는 밀약密約에 닿아 있었던 것. 따지고 보면 시인의 언어·비유·상징은 인생 의미의 퇴락을 거둬 내는 정당화의 수단이었던 것. 삶의 비속卑俗은 남부끄러워할 일이 아니다. 비속이 비물질非物質의 불가항력을 깨닫게 해 줌으로써 한껏 영험靈驗의 정신을 길러 낸다. 사실이 진리라는 말은 그래서 하는 말이다. 거꾸로 말하자면, 사물이 존재의 근거[즉, 희원希願]가 될 수 없다는 말은 잘못된 인식이다. 시인의 언어가 거침없는 마음의 경계를 뚫고 상승하는 걸 보면 인간의 내면적인 경험은 곧 실체 이상의 순수 지향으로 감싸인 초월의 숨결임이 분명하다. 그런즉 초월은 물질의 음색을 빌어 움직이고 있었던 것. 그것은 이를테면 흰색의 음신音信과도 같이 기표화된 음향으로 울려 퍼졌던 것이었다. 시인은, 저와 같은 감응의 초월적인 발현을 통해 불완전한 현 정황의 번거로움을 떨쳐 버린다. 그 것은 시인 자신의 의도와는 별개로 초월의 동력에 따른 각성이었던 것. 시를 영감靈感–묵시默示–투시透視의 범람이라고 부르는 것은 그래 서 하는 말이다.

6

시인의 낱말은 그만큼 오묘한 영혼의 표상으로 내재화되면서 살아 남는다. 시인의 무의식이 신성화되는 까닭은 그 때문이리라. 무의 식은 도리어 순수한 무無·공론空論·무위無爲·로고스logos로 일컬어지 면서 어디에나 있고 어디에도 없는 불연不然의 신성神性으로 또 달 리 환원된다. 의식이 지극해지면 무의식으로 건너간다. 무의식은 입언立言[혹은, 술어述語] 이상의 낱말이기 때문이다. 하늘은 어디 있는가. 하늘에 대해서 말을 하게 되면, 하늘이 사라진다. 하늘은 항시 흰색[즉, 침묵]의 표상으로 말문을 열고 있으므로. 도를 도라 고 말하면, 도가 아니다. 이름을 이름이라고 말하면, 이름이 아니 다(도가도 비상도 명가명 비상명道可道 非常道 名可名 非常名—『노자』1 장). 그에 비한다면, 온갖 사물에 둘러싸인 기묘한 연상·예감은 얼 마나 신비로운 존재의 과녁이었던가. 그들 대부분에 대한 시적 전 환의 인상들은 달콤한 음역音域과의 결합인 듯 시인의 기억 저편에 서 건너온 인식론적인 모델임이 분명했다. 사물들의 틈새는 이중 삼중의 혼돈에 감싸인 것들이었지만 실제로는 단순하기 짝이 없는 일련의 감각권圈으로 드러나는 문맥의 울림을 넘겨줄 뿐이었다.

영혼에 대한 심원한 표지標識가 없다면 시인의 낱말은 쉬이 시들 수밖에 없다. 인생이 그렇게 쉬이 늙어 가고, 진리가 그렇게 쉬이 변형되듯이. 그러나 시는 아름다움에 대한 증언이라기보다는 저러한 미추美醜의 문제—신비로운 호의와는 아무런 연관도 없는 권태로운 강박관념을 뿌리치기 위한 관능적인 저항이라 할밖에. 보석이 아닌 조약돌을 위해서. 규칙이 아닌 혼돈을 위해서. 겁낼 것 없다. 시는, 우리네 뼈아픈 현실의 환각들을 지워 내는 탐험이므로. 이제야말로 현명한 독자라고 한다면 그들은 언중의 최면술로 얼룩진 그 같은 번민보다는 인간의 본래 면목으로 돌아온 시를 읽어 가며 여가를 보내게 되리라. 몇 단계 혹은 더 높은 최정상의 희망을 꿈꾸는 상징·상상력일지라도 그것들은 결국 먼 우주정신의 정황에 비한다면 보잘것없는 내인內因의 표적 일부만을 적시는 물방울에 불과했으므로. 세상은 세상 그 너머로 끊임없이 펼쳐지고 있지 않은가.

7

감정은 흔히 말하기를 감정으로 느끼는 생기에 비해 수동적인 충동으로 불려 나온 생리라는 점에서 최상의 실재를 알려 주기는커녕 한순간의 덧없는 불협화음의 자극만을 드러낼 뿐이라고 말한다. 이는, 인간이 바라보는 세계이해에 관한 이원 구조[즉, 관념과 의식]로 보아 반은 맞는 말이며, 반은 틀린 말이다. 인간은 관능을 통해 명료한 앎 가까이 다가가기도 하고, 사고력을 통해 거꾸로 낭만의 기술적인 중심 주제에까지 도달하기도 하기 때문이다. 인간의 삶 가운데는 감정이거나 지성이거나 저와 같은 인식의 한계를 뛰어넘는 좀 더 고등한 초월의 무의식적인 기반이 언제든지 인간의 내면세계—정신계界로 건너오는 실재의 위엄과 깊이깊이 만나면서 그들과 더불어 끝없는 대화를 이어 가는 존엄의 발현이었던 것. 그것은 한마디로 말해 신적神的 개념을 벗어나 삶의 차별화를 이겨 내는 영혼[즉, 본질]과의 통합이었던 것. 그때까지는 그러니까 우리네 육감이 데리고 가는 일상의 흔적들이란 여전히 삶의 허약함에 짓눌린 밀어密語에 불과했다. 물론 실재를 건너다보는 영원한 갈망은 멀리 있지 않았다. 무한한 진리의 공간은 사물의 이름으로 명명된 다이모니온Daimonion[즉, 금지 형태로 나타나는 내적인 신神의 음성]일 뿐이다. 그것들은 유한한 사물의 별칭으로 가벼이 말하기엔 너무도 부족한 원초적인 자연의 그림자였던 것. 삶의 근원은 하찮은 감정의 밀어로 오염돼서는 안 되는 까닭에.

8

돌에 나뭇잎이 새겨져 있다
꽃도 줄기도
뿌리도 흔적 없다
나는 숲속의 나무를 생각해 본다
나뭇잎의 시간을 생각해 본다

숲에 내리던 이슬비도 생각한다

옛날, 그 옛날

아마도 수억 년 전

나뭇잎에 어리던 햇살도 떠올린다

돌에 나뭇잎이 새겨져 있다

꽃도 줄기도

뿌리도 흔적 없다

나는 나를 생각한다.

지금 이 시간

나의 시간을 생각해 본다

나는 지금 숨을 쉰다.

밖에는 이슬비가 내리고

내 그림자가 벽에 비친다

—김명수의 「나뭇잎 화석」 전문 Ⓐ

내 만난 꽃 중 가장 작은 꽃

냉이꽃과 벼룩이자리꽃이 이웃에 피어

서로 자기가 작다고 속삭인다.

자세히 보면 얼굴들 생글생글

이 빠진 꽃잎 하나 없이

하나같이 예쁘다.

동료들 자리 비운 주말 오후

직장 뒷산에 앉아 잠깐 조는 참

누군가 물었다. 너는 무슨 꽃?

잠결에 대답했다. 꿈꽃.

작디작아 외롭지 않을 때는 채 뵈지 않는

(내 이는 몰래 빠집니다)

바로 그대 발치에 핀 꿈꽃.

—황동규의 「꿈꽃」 전문 ⑧

내 더러운 피가 그대 흰 옷을 물들일 때까지.

물들어 더러운 그대가 그대 깨끗한 內臟을 찢을 때까지

더러움은 더럽기 때문에 우리의 참혹한 살갖을 빛나게 하고

어둠은 어둡기 때문에 우리를 어둠에서 빛나게 하는.

—송기원의 「사랑」 전문 ©

위 시 ⓐ와 ⑧와 ©는 오늘날 시인들이 즐겨 쓰는 존재 지향의 본유
와 연계된 시편들이다. ⓐ의 시를 읽다가 보면, '나의 시간'은 '나뭇
잎' 화석으로 드러나는 '수억 년' 세월의 극지와 마주치게 된다. 그
와 같은 시간의 연결고리 속에서 '나'는 죽지 않고 "지금 이 시간 /
나의 시간"의 유연由緣과 함께 살아가는 몸이었다. 달리 말하자면,
'나뭇잎'의 표상이 내 얼굴의 탁본이었던 것. ⑧의 시를 읽다가 보

면, 시인 자신의 존재 유역은 '냉이꽃' '벼룩이자리꽃'의 경계를 넘지 않을 뿐 아니라, 독자 일반의 입지까지도 덩달아 일순간의 '꿈꽃'이라는 점을 깨닫게 만든다. 이는, 장자莊子 BC 369년경~BC 289년경의 '나비의 꿈'을 연상시켜 주는 대목이다(『장자』「제물론齊物論」). 저와 같은 환유換喩를 깊이 들여다보면, 우리는 그곳에서 만물 조화의 천품과 또다시 만나게 된다(차지위물화此之謂物化). ⓒ의 시를 읽다가 보면, 송기원의 시는 반어反語이기는 해도 반야般若의 법문을 닮은 목소리를 띠고 우리 곁으로 달려옴을 느낀다. 시인의 인지적인 극단은 유치幼稚 혹은 불편함과도 맞물린 것이기에 도리어 그토록 아름다운 시를 쓰게 된 것이리라.

9

바람이 오면, 시인은 때때로 자기 자신이 시의 일부인 양 바람의 향방에 따른 감회感悔에 젖어 시를 쓰게 된다. 바람의 역동성이 시적 표현의 모티브[즉, 상상력의 비상飛上]를 휘몰고 다녔다. 시인의 명상이 이른바 천궁을 가로질러 가는 예지豫知의 시선을 얻게 된 것은 아마도 이 때문이리라. 그렇지 않고 시인이 비물질적인 환상을 형상화하기란 얼마나 어려운 일이었던가. 단순한 사실의 정물도 바람의 역동화 기질을 만나게 되면 공기의 청명한 순수를 빼닮은 상상적 초월의 얼굴을 드러낸다. 무기력해 보이던 꽃들이 별안간 정령精靈의 날개를 달고 하늘로 솟아오르는 것은 그 때문이다. 새로운 감정 혹은 이지理智의 순행도 이때 나타난다. 시인이 존재의 무거움[혹은, 정신적인 혼란]을 가능한 한 빨리 이겨 내고 영혼에 대한 상쾌한 암시를 불러들이는 깨달음도 실은 이때 나타난다. 그 같은 암시로부터 동떨어지게 된다면, 인생은 또 여전히 고통스러운 고백·회오悔悟에 얽매일 수밖에. 시인은 그러므로 허정虛靜이 아닌 바에야 정신 심리의 응집만으로는 한순간에 간곡한 영혼의 자득自得을 얻을 수는 없다. 모든 위장僞裝을 벗어던진 명상이라면 몰라도. 바슐라르Gaston Bachelard 1884년~1962년는 이렇게 말했다; "불투명한 무의식을 깨우는 (시인의) 자유로운 상상력에 귀를 기울여라. 새는 하늘로 날아오르며 시간을 잊어 버린다."(『공기와 꿈』)

10

시인은 누구인가. 그는 자기 자신 내면으로부터 올라오는 언어의 메아리에 귀를 기울이는 자다. 언어의 메아리는 사실상 어떤 때는 가시적인 세계 이상의 불가시적인 우주의 변형[즉, 물질의 성향]과 만나면서 '매끄럽지 못한' 꿈의 예고와도 또 스스럼없이 만난다. 그러나 그것들 정황을 대면하는 도취는 급작스러운 의식의 파격을 견지해 가는 관찰자로서의 방법이긴 해도 자기 주변의 변화무쌍한 엑스터시를 거슬러 올라가기에는 아직 힘이 미치지 못했다. 시인의 매혹적인 꿈은 그것들 혼곤한 잠만큼 진리에 관한 심원한 예감을 되돌려받기에는 아직은 역부족이었으므로. 눈에 보이는 사물이 진리의 충만으로 꽃피우기 위해서는 무의식의 군림을 억제하는 소멸의 역기능을 좀 더 일찍 터득했어야 했다. 그것을 우리는 존재의 귀환이라고 부른다. 의미의 조합이라고 하는 형태가 사라질 때 그 때 비로소 시인의 불가시적인 영혼의 광채가 삶 한복판에서 솟아 오른다. ■

천행건天行健의 시학

—현실과 망상

> 천행건天行健이란, 하늘의 운행이 굳건한 것을 보고
> 우리네 인간도 그 하늘의 움직임을 본받아
> 스스로 굳건해져야 한다는 뜻이다
> —『주역』 건괘乾卦의 상전象傳

1

시간에는 마디가 있다. 대나무를 쳐다보면, 마디가 있지 않은가. 북두칠성을 바라보면, 그곳에도 마디가 있지 않은가. 북두칠성의 첫 번째 별을 괴성魁星이라고 하고, 다섯 번째 별을 형성衡星이라고 하고, 일곱 번째 별을 표성杓星이라고 한다. 정월의 인寅[즉, 북동쪽]을 가리키는 이 별들의 손가락질에 따라서 시간은 저녁 무렵(표성杓星: 북두칠성의 일곱 번째의 별)에서 한밤중(형성衡星:북두칠성의 다섯 번째의 별)으로 건너가고 다시 또 새벽녘(괴성魁星:북두칠성의 첫 번째 별)으로 건너간다. 여기서 내가 이렇게 움직이면 하늘에 떠 있는 별도 또 이렇게 움직이고, 여기서 내가 그렇게 움직이면 하늘에 떠 있는 별도 또 그렇게 움직인다. 하늘은, 말하자면 이렇게 그리고 또 그렇게 움직이고 있었던 것이었다[즉, 천행건天行健]. 다시 말하자면, 지금 내가 움직이는 모습 그대로를 하늘의 별들이 그대로 체크하고 있었다는 말이다. 시간의 엄중함은 바로 그와 같은 것이었다. 그랬다. 시계바늘의 정확성이 그와 같은 것이었다. 개구리가 그렇게 울었고, 뻐꾸기가 그렇게 울었고, 천하 만물이 또한 그렇게 울었다. 우리는, 그래서 얼렁뚱땅 설렁설렁 살아갈 수가 없는 것이다. 그렇다면, 시인은 이제 어떤 시를 또 어떻게 써야 할 것인가. 인심人心이 천심天心인 것이었다. 시인의 낱말은 시간을 따라다닌다. 시인의 낱말은 대나무의 마디를 따라다닌다. 이를, 『주역』에서는 ☵☱ 수택절水澤節(예순 번째 괘)이라고 했다. 절제의 정신이 그것이며, 천지의 절도가 그것이며, 음양의 호응이 그것이었다. 절제하지 않으면, 몸과 마음을 망쳐 놓는다[즉, 부절약 즉차약不節若 則嗟若—절괘節卦 육삼六三의 효사爻辭]. 개구리도 뻐꾸기도 만물도 그렇게 울다가 울음을 뚝 그친다. 그들은, 그와 같이 온몸으로 절제하고 있었던 것이었다. 시는, 그러니까 저와 같이 써 내려가는 것이었다. 이는, 그런즉 낱말의 숨결을 함부로 께지럭거려서는 안 된다는 말이다.

2

성급한 자는 절제를 모른다. 그의 걸음걸이 또한 가볍기 그지없다. 쉽게 흥분하는 자는 사실을 왜곡하고 또 다른 사람을 가까이 두려고도 하지 않는다. 시인은 그러나 악에 대한 노여움까지 감춰가며 언제든 고귀한 말투를 지켜 내라는 말은 아니다. 그의 낱말은 온화한

품성에서 나온 것이며, 천리天理[즉, 시간]에 응답하는 그의 마음은 언제나 선의지의 지평 위에서 움직인다. 그의 시선은 사물[즉, 대상]을 주목하되 그러나 그것을 극대화하지는 않는다. 그는 천천히 사물[가령, 물이든 불이든 별이든] 곁에 자신의 낱말을 놓아둔다. 그때 거기서 비로소 그의 심미審美가 피어오른다[그러나, 심미라고 해서 그것이 언제나 좋은 것은 아니다]. 시인은 사물 곁에 있다가 그다음 단계는 부재不在의 불균형 앞으로 성큼 다가앉는다. 왜 그런가. 시인의 정의情意는 사물과 부재의 통합 속에서 비로소 선명히 부각되기 때문이다[이를테면, 궁핍과 좌절은 부재의 권속이 아닌가. 좌절 속에서 열망이 솟아나고, 궁핍 속에서 갈망이 솟구친다]. 생각해보라. 부재와 연결되지 않는 존재의 변형이 어디에 또 있었던가. 시는 왜 곱상한 표정을 짓고 있는가. 시는 현실[혹은, 사물의 정면이든 사물의 경사각이든] 속에 파묻힌 진실을 찾아내는 파장이기 때문이다. 시간은 그러함에도 불구하고 공정하지도 않았고, 투명하지도 않았다. 이때부터 시는 감성의 차원이 아닌 인식의 둘레[즉, 자기 갱신의 힘]로 달려간다. 한밤중 어둠의 체용體用을 힘겹게 건너가면서-건너가면서.

3

호혜적 상관. 장자莊子 BC 369년경~BC 289년경는 이렇게 말했다; "이것은 그런데 저것이 되고, 저것은 그런데 이것이 된다. 저것도 하나의 시비가 되고, 이것 또한 하나의 시비가 된다. 과연 그렇다면 저것과 이것은 있는 것인가. 과연 그렇다면 저것과 이것은 없는 것인가. 상대적인 개념을 뛰어넘은 이것을 '도추道樞'라고 한다"(시역피야 피역시야 피역일시비 차역일시비의 과차유피시호재 과차무피시호재 피시막득기우 위지도추是亦彼也 彼亦是也 彼亦一是非 此亦一是非矣 果且有彼是乎哉 果且無彼是乎哉 彼是莫得其偶 謂之道樞—『장자』「제물론齊物論」). 왜 이것은 이것이고, 왜 저것은 저것인가. 이것은 이것의 이것이고, 저것은 저것의 저것이다[즉, $(X)^2$]. 장자가 말하는 '도추道樞'란, 달리 말하자면 제곱근의 힘을 두고 하는 말이다. 그는 그 제곱근의 힘을 이렇게 말한다; "가능한 것은 가능해지도록 되어 있기 때문에 가능한 것이고, 불가능한 것은 불가능해지도록 되어 있기 때문에 불가능한 것이다"(연어연 불연어불然於然 不然於不然—『장자』「제물론齊物論」). 가능한 일과 불가능한 일은, 그것이 본시 천연天然이었던 것이다. '도추道樞'란, 보편성의 기둥이었던 것이다. 미추美醜가 따로 없는 것이었으며, 시비是非가 따로 없는 것이었으며, 생사生死가 따로 없는 것이었다. 그러므로, 본질은 아무 데나 있는 것이었다. 언제나 (인간의) 판단[즉, 의식]이 문제였으며, 선택이 문제였으며, 존재와 부재의 구별이 문제였던 것이다. 노자老子 BC 579년경~BC 499년경는 그래서 "도를 도라고 하면 벌써 도가 아니며, 이름을 이름으로 부르면 벌써 이름이 아니다"(도가도 비상도 명가명 비상명道可道 非常道 名可名 非常名—『노자』1장)라고 말했던 것. 푸른 하늘이 푸르른 것은 필경 그 때문일 것이다.

4

무엇인가가 아직도 (내) 마음속에 남아 있는 것이 있다면, 그것은 존재의 피로감이 아니겠는가. 장자가 말하는 '소요유逍遙遊'나 불가에서 말하는 '본래면목'[즉, 의성신意成身]은 인간의 마음을 어떤 심연深淵에 맡겨 둔[즉, "하염없이 추락하는 우울한 체험이 심연을 창조한다" 바슐라르G. Bachelard 1884년~1962년의 『공기와 꿈』] 각성이었던 것. 이때는, 인간의 마음은 대자연의 질료들 속에 하염없이 파묻힐 뿐이다. 그러나 이때야말로 안개 속에 파묻혀 있던 시인의 마음은 새로운 생기를 되찾는다. 그는 그동안 허망한 이름에 속고 있었던 고정관념을 깨뜨리고 속인들의 주관적 견해로부터 빠져나와 군자君子의 수결手決[즉, 유가儒家의 도량度量]을 기다린다. 그것은 단순한 무아無我가 아니었다. 그의 유有는 언제든지 무無의 쓰임에 따른 존재 전환의 움직임을 끌어안는다. 그릇은 그릇 안이 텅 비어 있기 때문에 그릇이었던 것(연식이위기 당기무 유기지용埏埴以爲器 當其無 有器之用—『노자』 11장). 시인의 생각은, 이와 같은 그릇의 '텅 빔'[즉, 당기무當其無]을 쫓아간다. 그랬다. 시인의 터무니없는 망상이 그릇의 정밀靜謐을 깨 버린다. 시인일진대 그는 먼저 형용사의 껄끄러움[즉, 특질화特質化]으로부터 벗어나야 하리라.

5

새들은 아무 데서나 먹이를 찾지 않는다. 하늘이 그들의 곡간을 채워 주기 때문이다. 시인의 문맥은, 물론 그렇게 대자연의 물질

[즉, 지시체指示體]에 의존한다. 그런즉 상상력[혹은, 정신]의 예지 prescience는 현재 실체에 근거를 둔 물질로부터 온다. 한곳에 머물러 있는 정적인 기원 없이 시적 상승[즉, 유有와 무無를 연결하는 역동적인 움직임]은 이뤄지지 않는다. 수직은 수평의 변증법이었던 것. 구체적이고도 감각적인 의미의 불균형이 상승의 계기였던 것. 빛은 어둠 속에서 더 빛나지 않는가. 물에서 빠져나온 불은 소라 고등의 등때기에 붙어서 벌겋게 불타오른다(괴테J.W.Goethe 1749년 ~1832년의 『파우스트』). 물질적 실체론으로 본다면, 천지화수天地火水는 모든 움직임의 기본이었던 것. 물은 아래로 흘러 내려가고, 불은 위로 타 올라간다. 천지의 기운은 이렇게 서로 통하게 마련이다. 만물은, 그러니까 이 모양의 화신化身들이었다. 화수火水의 부조화(혹은, 미완성-미제未濟)는 수화水火의 조화(혹은, 완성-기제旣濟)로 끝을 맺는다. 그렇더라도 모든 유형화[즉, 화신化身]는 아직도 미완성품일 뿐이다. 움직임[즉, 물과 불의 이중적인 결합]의 완결보다는 그 움직임의 미완이 더 아름답다. 이때의 불은 아름다움의 전령이었던 것. 이를테면, 『주역』의 산화비괘山火賁卦: "무엇을 꾸밀 때는 간략하게 꾸미는 것이 좋다"(백비무구白賁无咎―비괘賁卦 상구上九의 효사爻辭). 백비白賁란, "하늘에서 뜻을 얻는다"(상득지야上得志也)는 뜻이다. 보라. 어둠은 물속에 파묻혀 있다가도 아침이 되면, 풀잎 위에 영롱한 물방울[즉, 뜨거운 습기]로 떠오르고 있지 않은가. 내면적인 운동으로 보면, 불은 무서우리만큼 혼란스럽게 인간의 마음을 세차게 헤집어 놓는다. 거기 물방울이 조금 묻게 되면, 불은 즉시 성찰의 유레카

eureka로 다시 환하게 타오른다. 비로소 물과 불의 원만한 리듬이 우리네 몸을 부드럽게 흔들고 있었던 것. 말하자면, 존재와 실체의 활기는 둘이 아니었다. 그와 같은 활기는 시인 정신의 깊이를 흔들어 대는 무정형無定形의 투영 속에서도 한결같이 우러나오고 있었던 것이었다. 시인 권덕하의 시 「종鐘」을 읽어 보자(시집 『오래』 2018년, 솔출판사);

나무 둥치 패인 곳에
종을 걸었다

줄을 잡아당기면
나무도 따라 울었다

세월 흘러 나무가
제 몸에 종을 묻고

무성한 열매들만
바람결에 파도소리 낸다

이제, 속으로 자주
목메는 것은

멀고 먼

한 그루의 그리움

시인의 "나무"는 "종"이었다. 시인의 "나무"는 어느새 존재 질서[혹
은, 진리]의 주체였다. "종"이 울면, "나무"도 울고, 그리고 또 "멀고
먼 / 한 그루의 그리움"도 함께 울었다. 그의 시는, 이제는 은유의
승화로 아무런 산포散布 현상도 없이 그렇게 나부꼈다. 존재 질서의
핵심은 그렇더라도 그가 거느리는 낱말의 기표로만 떠돌지 않고 시
인 자신이 감내하는 정신의 힘을 통해 더욱 깊이 재조정되고 있었던
것. 그의 시가 순수한 것은 그 때문이다.

6

투영이 있는 한 시인의 마음은 또 다른 감각의 간섭으로 인해 한층
더 착잡해진다. (내) 마음은, 실체가 아니었다. (내) 마음을 내 몸에
붙여 두기가 그렇게도 어려웠던 것. 세계의 만변萬變 속에 (내) 생각
의 편린片鱗을 담아낸다고 그것이 어찌 시[혹은, 현실]가 되겠는가.
시는, 단 한 순간의 매듭으로 무량원겁無量遠劫의 일념을 담아내는 발
견이 아니었던가. 의상義湘 625년~702년은 시간의 표상에 대해서 이
렇게 말했다; "끝없이 흘러가는 시간마저도 일념일 뿐이다"(무량원
겁 즉일념無量遠劫 卽一念―『법성게法性偈』). 그랬다. (내) 마음은 가랑잎
처럼 나부낀다. 분명히 말하지만, 시는 마음의 투영이 아니었던 것.
시에 있어서 망상[즉, 개념]을 버리라는 말은 이를 두고 하는 말이었

다. 탐닉[즉, 황홀경]을 버리고 은유 혹은 '집합의 내포적(또는 외연적) 정의'intensional (extensional) definition of class를 따라가라는 깨우침은 이를 두고 하는 말이었다. 시의 명제는 그렇게 형성될 때 진실의 타당성을 띠게 된다. 그곳 명제의 기본형matrix은 결코 옳고 그름의 조합에 좌우되지는 않는다. 다만 명제의 구체적인 관계[즉, 요원의 구체화]속에서만 한 문맥의 숨결로 숨을 쉴 뿐이다. 시간[즉, 현실]은 뜻밖에도 단순한 규칙을 따르고 있었던 것. 그것은 명사가 명사의 몸을 버리고 동사의 움직임으로 양화quantification 또는 질화qualification되는 변이였던 것. 그쯤에서 시인의 낱말은 비로소 숨을 멈춘다. 이때부터 시인의 낱말은 일념으로 귀속되기 때문이다. 왜 시를 (내) 생각의 분별심으로만 바라보려고 하는가. 아니다. 무심한 마음이 시를 쓴다. 앞장에서 나는 사물(소연所然)과 부재(능연能緣)의 통합[즉, 제곱근의 힘 $(X)^2$]을 얘기했다. 그런데, 이것과 저것의 차이가 있는가. 물 한 방울이 강물을 이룬다. 햇빛 한 줌이 물결 위에 떨어져 부드럽게 강물을 어루만진다. 강물을 짓눌러 대던 어떤 적의適意가 아직도 거기 남아 있을까. 새들이 숨을 내쉬면서 간략한 시를 쓰고 있지 않은가.

7

온화하다는 말은 분장이 요란하지 않다는 말이다. 즉, 백비白賁인 것이다. 백비란 공기처럼 하늘의 뜻을 은밀히 감춘 표정을 두고 하는 말이다. 오염될 리 만무하다. 불필요한 형용사들의 장식을 끊어 낸 시의 선율. 시인의 정신은 난삽難澁해서는 안 된다. 자의恣意는 안 된다. 백비는, 순수한 행위의 자긍自矜이었던 것. 백비는, 무無의 고고함에 바탕을 둔 생기[혹은, 생생함]였다. 무게를 달면 공기보다도 가벼운 참을성이 아니겠는가. 시인일진대 그는 이 참을성에의 조절을 통해 시를 써야 하리라. 그의 입술에 매달린 말 한마디; "고요하도다. 고요한 숨결이로다. 나는, 누구인가". 시인의 눈망울이 드나드는 곳은 이제 더할 나위 없이 가벼운 우주적 회향廻向의 속도로 내몰리고 있었던 것. 그를 실어 나르던 비상飛上은 그러나 어느 순간 추락으로 곤두박질치기도 한다. 혼자 날아오르기에는, 너무도 불순했던가. 하나를 보면 하나에 막히고, 둘을 보면 둘에 막히는 통섭統攝의 부재였던가. 그것은, 구체성의 결여였다. 존재 앞에서는 무변無邊의 체액體液이 있다는 것을 그는 눈여겨보지 못했다. 속이 텅 빈 대나무가 알찬 소나무 곁에 함께 서 있지 않은가. (내) 마음은, (내) 마음이 아니다. 집착이 있는 한 깨달음은 없다. (내) 마음을 비워 놓을 때 소나무는 '소나무'로 보인다. 감정이 복받칠 때는, 그때는 하늘마저도 사라진다. 어찌 '소나무' 한 그루의 윤곽뿐이랴. (내) 마음을 비워 놓지 않고서는 어떤 지시 대상도 똑바로 연역演繹된 적은 없다. (내) 마음을 바로잡은 연후에 허공도 허공이었던 것이었다.

8

불꽃과도 같은 무無의 속삭임을 쳐다보자. 불은 순수하든 불순하든 처음에는 빛을 뿌려 준 뒤 열을 던져 주면서 연기로 타오르다가 나중에는 재를 남기고 죽는다. 말하자면, 무無의 형태는 저와 같이 움직였다. 축축하기 그지없던 유有의 보완물 역시 저와 같은 무無의 휘하에서 움직였다. 이제 시인이 감지할 수 있는 부분은 물질이 아니며, 비非실재의 일루미니즘illuminism도 아니다[즉, 지상적인 삶에서 보면 낭만은 위험하다]. 다만 지금까지 기다리고 있던 무한공간의 조촐한 현실 그것 하나만 남아서 그의 눈매를 붙잡고 있었던 것. 시인이 '소나무'를 쳐다볼 때는, '소나무'는 즉시 유쾌한 불꽃처럼 춤을 추기 시작했다. 그것이야말로 인류가 지금껏 살아 있는 삶[즉, 시정신의 원초적인 충동]의 존엄한 준례準例가 아닌가. 그렇게 춤을 추는 '소나무'의 표지標識들은 동시에 삶에 관한 한 끝없는 고통의 깊이를 처연히 드러내 놓고 있었던 것. 시는, 그러므로 지칭이 아닌 불붙기 쉬운 물질의 열소熱素였으며, 허공의 체액體液이었던 것. 허공은 모든 사람의 피를 말리는 한탄이 아니라 시인의 의식 속에서 가연可燃되는 어두운 펀치punch[즉, 천공穿孔 혹은 확산물]일 뿐이었다. 시는, 그렇다면 이 세상 실체들의 공간을 얼마나 멀리 열어 놓을 수 있을까[그것은, 물질 표면의 한가로운 열선熱線이 아니다]. 시인은 누구인가. 그의 시선은 지금 물질 속에 주입된 불[즉, 정신의 힘]을 쳐다보고 있지 않은가. 사랑이란 또 무엇인가. 사랑이란, 불처럼 나 자신을 무無로 돌려놓는 재구성인 것. 시인의 운명 또한 그 사랑에 적합한 사유 공간을 향해 다가갈 뿐이다. 시는, 그동안 우주적 존재의 원주율 안에서 비처럼 쏟아지며 대지를 적시고 있지 않았던가.

'이것'은 (내) 몸에 닿아 있는 것이니, 이미 (내) 정신으로부터 멀리 떨어져 있는 것임에 분명하다. 그래서 장자는, 천행건天行健의 이치에 따라 '이것'과 '저것'은 둘로 쪼개진 것이 아니라, 하나[즉, 성일成一]라고 말했던 것. 즐거움이 즐거움이 아니라는 말도, 슬픔이 슬픔이 아니라는 말도 그래서 하게 된 것이었다(『장자』 「지락至樂」 혜자惠子의 조상弔喪). 낮과 밤의 교차를 보면, 그 같은 생각이 틀린 말도 아니다. 이 세상에는 아무것도 언짢게 여길 것이 없다는 것이었다. 그렇지 않았다. 이곳에서 저곳으로 지향해 가는 시인의 마음은, 사실상 내 몸과 정신이 따로 떨어져 있음을 수시로 경험해 오지 않았던가. 마침내 그는 낱말 속에서 그 낱말을 통해 자기 자신[즉, 주체]과 세상[즉, 대상]이 한꺼번에 다가오는 것을 보게 된다. 그는 간단하게 말한다; "나는 나 자신의 마음이 아닌 세상의 표정을 바라볼 뿐이다". 좀 더 자세히 말해 보자. 지금까지 시인이 써 내려간 언어의 기표[즉, 낱말의 표상]와 기의[즉, 낱말의 의미]의 표현조직은, 홀연 높은 문턱에 올라앉은 자의 눈동자[혹은, 기호체계] 속에서 나란히 움직이고 있었던 것. 그 기호체계가, 이윽고 시인의 낱말을 순간순간 조절해 놓고 있었던 것. 말하자면, 그 기호를 통해 천행건의 통사론이 구체적으로 드러나고 있었던 것이다. 현상학적으로 보게 되면, 시는 시인이 쓰는 것이 아니라 기호[즉, 낱말]가 시를 쓰고 있었던 것. 그와 같은 언술에 깃든 시제는 늘 말을 통해 말을 하는 현재 상황의 매개항項에 맞춰진 시간이었다. 그 가운데 나타난 시적 행위의 대상은 어느새 언어 안에 머물고 있던 인식의 주체와 빈틈없이 한 몸으로 겹치고 있었던 것. 드디어 집합 혹은 상징[즉, 의식의 되돌림]이 인식의 동인動因이 되었다. 멀리 있던 세계가 별안간 내 앞으로 달려왔다. 시는, 그러므로 나 자신을 돌아보는 주체 없이도 얼마든지 새롭게 탄생하게 된다[즉, 말은 나 자신을 집어삼킨다. 그렇더라도, 나는 여전히 생각하는 존재로 존재한다(데카르트 R.Descartes 1596~1650년의 『방법적 서설』)]. 언어로 고지되는 존재는 대상에 붙어 있지 않고 언어로 말해지는 표현 속에 들어 있다[이를테면, "하나님이 가라사대 빛이 있으라 하시매 빛이 있었고"(창세기 1:3)]. 언어로 말해지는 모든 존재는 그런즉 언어를 통해 인지된다. 시는 존재의 환원을 위해서라도 의미 속에 파묻혀서는 안 된다. 시는 존재의 불확실성에 파묻혀서도 안 된다. 모든 시의 텍스트는 이미 존재 차원의 해석학으로 열려 있지 않았던가.

10

고통을 모르는 시는, 시가 아니다. 만물에게는 출생의 고통이 있고, 끝내는 죽음의 고통이 있기 때문이다. 생명의 숨결은 그 생명이 붙어 있는 한 고통의 어려움을 함께 동반한다. 고통의 깊이와 높이는 이를테면 물과 산의 방위方位를 따라간다. 『주역』은 그래서 이를 두고 ䷦ 수산건水山蹇(서른아홉 번째 괘)이라고 했던 것이다. 고통은 어디서 오는가. 온전함으로부터 어긋날 때는 어김없이 고통이 따라온다. 『주역』은, 그래서 만사가 어긋난 ䷥ '화택규火澤睽'(서른여덟 번째 괘) 다음에 고통의 어려움을 나타내는 ䷜ '수산건水山蹇'(서른아홉 번째 괘)을 놓아두었던 것. 방위로 본다면, 고통이 있는 곳은 감수坎水의 북향과 간산艮山의 동북향이었다. 지혜로운 사람은, 그러므로 험난한 고통이 있는 동북향에 머리를 두지 않고 내면의 평화로움이 있는 서남향의 중득中得에 머리를 둔다. 바로 그쪽에 도전괘倒顚卦 ䷧ 뇌수해雷水解(마흔 번째 괘)의 해빙解氷이 있었던 것. 회복은 빠를수록 좋은 것이었다(숙길夙吉—해괘解卦의 괘사卦辭). 그러나 인류의 뿌리 깊은 고통은, 기본적으로는 어느덧 내 한 몸의 훼손毁損이 아닌 세계정신[즉, 최소한의 연대성]의 결절決折로 말미암은 빈틈에 끼어 있는 것[이것은, 아마도 숙명일는지 모른다]. 그것은 선과 악 혹은 참과 거짓의 뒤집힘이었다. 금세기에 이르러 지구는 어느 곳 어디랄 것도 없이 오염과 독성의 포화상태를 지나 삶의 조건을 송두리째 빼앗기는 불운을 맞게 되었다. 이것이야말로 정신 가치의 중단이 아닌 정신 가치의 소멸이 아니겠는가. 이젠 사물들마저도 숨쉬기가 어려운 듯이 보인다. 이토록 깊고도 깊은 물질과 정신의 죽음을 목격하면서도 인류는 아직도 저와 같은 위기를 건성으로 넘겨다보고 있으니 말이다[보라. 코로나19 바이러스의 득세가, 저쪽 먼 하늘이 인류에게 이야기하는 마지막 경고라는 점을 여태도 알아차리지 못하는 것 같다]. 자유의 행방이 그토록 소중한 자산이라면, 우리네 인간은 이제부터는 (인간으로서의) 책임과 도덕성을 더 늦기 전에 하루 속히 회복하지 않으면 안 된다. 우리에게 남아 있는 시간은 30년이다. 아니다. 어떤 점에서는 5년, 3년, 1년밖에 남아 있지 않다. 맨 먼저는 사회적 층위의 빈천貧賤부터 거둬 내야 하리라. 이제부터 시인이 힘주어 말해야 할 부분은 반현대적인 무기력의 교집합이다. 시적 진실의 배후에 깔려 있던 무기력이 죽은 시간의 유령이었던 것. 시인에게는 이 부분이 바로 악의 고리였으며, 그것은 또 가치관의 상실로 인한 망상의 부랑浮浪이었던 것. 망상[혹은, 환상]은 현실에 대한 덧없는 잡념일 뿐, 현실의 방향을 사실에 맞도록 재구성하는 유도액液이 되지 못한다[즉, 환상은 거짓의 전리품일 뿐이다]. 시는, 언어를 통한 의미의 갱신이 세계변형의 접합점과 유감없이 겹치도록 외경畏敬의 순수성을 실어 나른다. 악의와 비현실의 분잡紛雜은 진실의 결곡함을 함부로 어질러 놓았다. 자세히 보면, 한 포기의 풀에도 범상치 않은 바람의 신통神通이 열려 있지 않은가. 어떤 경우로든 시는 조사적措辭的 공간의 시험대가 될 수는 없다. 감동이 없는 시는, 시가 아니다. 감동만이 세상을 바르게 바꿔 놓는다. 망상을 피워 내는 생각을 깨뜨리고 쉬지 않는 한 (시인은) 아무것도 얻을 것이 없다(파식 망상 필부득叵息妄想 必不得—『법성게法性偈』). ▪

물질은 때로는 물질 이상이다

—세상과 세상 바깥

1

왜 인간의 영혼인가. 인간은 사라지더라도, 인간의 영혼은 사라지지 않기 때문이다. 왜 사랑인가. 왜 존재인가. 사랑과 존재는 사라지지 않기 때문이다. 왜 진리인가. 왜 문학인가. 진리와 문학은 사라지지 않기 때문이다. 왜 물질과 정신인가. 물질은 사라지더라도, 정신은 사라지지 않기 때문이다. 왜 말인가. 말은 사라지더라도, 말의 말[즉, (말)^2]은 사라지지 않는다. 왜 의미인가. 의미는 사라지더라도, 의미의 의미[즉, (의미)^2]는 사라지지 않기 때문이다. 왜 그런가. 간단히 말해 보자. 우리들의 생각 속에는 생각 자체의 이분二分[즉, 이원론二元論: 예컨대, 유有와 무無-생生과 사死-인간과 신神]이 들어 있기 때문이다. 내 생각으로 말한다면, 이원론 자체가 틀린 생각이다.

그렇다면, 일자一者밖에 없다는 일원론一元論인가. 일원론도 틀린 생각이다. 다원론多元論이 맞다. 만유萬有·만물萬物이 있지 않은가. 『주역』의 ䷀ 중천건重天乾(첫 번째 괘)에서는 원元(대大)·형亨(통通)·이利(의義)·정貞(정正)을 말한다(건乾의 「괘사卦辭」). 인생살이 길吉·흉凶·회린悔吝이 생기는 것은 그 때문이다. 날마다 동쪽 하늘에서는 해가 솟는다. 이는, 지구가 움직이고 있기 때문이다. 만물은 그래서 환해진다[즉, '빛날' 환煥]. 하물며 인간에게서랴. 인간이 환해지지 않으면, 그는 인간이 아니다. 더구나 시인에게서랴. 시인이 환해지지 않으면, 그는 시인이 아니다. 시인은 누구인가. 시인은 곧 '환해진' 사람을 두고 하는 말이다.

2

시는, 사물의 형태[즉, 사물의 표면]를 사라지게 한 다음 그 자리에다 사물의 의미를 불러낸 뒤 그 사물의 의미가 굳어지게 되면[즉, 인습因習], 이번에는 다시 저와 같은 사물의 의미를 통째로 삭제해 버린다. 말하자면, 우리는 이것을 시적 진실의 발현發現[즉, 다이모니온Daimonion: 영성靈性 혹은 형태 뒤에 숨은 신神의 음성]이라고 부른다. 의미는 일정한 시간이 흐른 뒤에는 존재의 권태를 부추겨 놓지만, 영성은 시간이 지나갈수록 존재의 깊이를 좀 더 부드럽게 가라앉힌다. 의미의 범위는 그림자에 불과하지만, 영성의 외연外延은 빗방울처럼-햇빛처럼 자기 자신의 몸을 움직여 가며 나뭇잎[즉, 천지]을 적셔 놓는다. 영성은 인습적인 의미와는 달리 이 세상 모든 현실

대상을 한꺼번에-느닷없이 생성 대상으로 바꿔 놓는다. 그런 까닭에 만물의 궁극은 홀로 있지 않고 순간순간 세계-내 존재의 화해역域과 더불어 바삐 돌아가도록 만든다. 유有의 범주가 무無의 권역圈域을 용납하는 까닭은 그 때문이다. 무無는 무無를 지각하는 인간의 의식일 뿐, 무無의 소용으로 드러나는 어떤 형식과도 연관이 없다. 의식은 무無에 앞서며, 오로지 존재에서 나온다(사르트르J.P.Sartre 1905년~1951년의 『존재와 무』). 그런즉 세상은 오로지 의식의 대상일 뿐이다(이 세상 전체는 의식 '밖에' 있는 것이므로). 보자. 그렇다면, 시인의 의식은 어떻게 나타나고 있는가. 의식은 아사지我思之[즉, 코기토Cogito]와 결부된 관념형태가 아니라, 초超현상적인 의식으로써의 동작일 뿐이다. 시인은 누구인가. 그는 의식의 초현상적인 지각[즉, 계시revelation]을 바라보며 그것들의 '눈부신' 본질 내용을 불러내는 자다. 그것들 본질 내용이 최고선의 불멸성에는 못 미치는 것일지라도. 그런 다음 시인의 정신은 비로소 환해진다. 시인은 보이지 않는 부분[이를테면, 허공]을 쳐다보면서, 이때부터는 그 자신의 직관 공간을 강화한다. 그는 홀로 길을 떠난다. 보이지 않는 부분이 그의 동반자이기 때문이다. 그랬다. 형태 다음에는 마음의 밝음이 어둠을 갈아엎는다. 이것이, 『주역』의 ䷣ 지화명이地火明夷(서른여섯 번째 괘)가 일러 주는 이른바 인생살이 고통이 따를지라도 운신을 바르게 해야 이롭다는 가르침이다(이간정利艱貞—명이明夷의 「괘사卦辭」).

3

그렇다면, 시적 낱말이 불러들이는 정신 차원의 앎은 어떤 존재 증명의 영향력을 통해 명확한 의미로 드러나겠는가. 꿈은 정신 현상의 일환일 뿐 일상생활 어떠한 원인과 결과의 전후 관계와는 아무런 상관이 없다. 결론부터 말한다면, 시 또한 의미의 관계지향과는 아무런 연관도 없다. 시는 의미의 문턱을 건너 무의미의 발판을 딛고 세계와 접촉한다. 물질과 정신 사이에도 실은 본질적인 차이가 없는 것처럼(주커브G.Zukav 1942년~현재의 『춤추는 물리』). 시인이 본능을 따라가고 직관을 따라가는 이유는 그 때문이다. 칸트I.Kant 1724년~1804년는, 인간이 바라보는 사물은 도무지 알 수 없는 미지의 대상들이며, 그 대신 합목적적으로 형성된 사물들의 집합만을 알아낼 뿐이라고 말했다(『순수이성비판』). 그랬다. 그러함에도 불구하고 사물에 대한 형이상적인 입법은 어느덧 시인의 몫으로 건너오게 되었다. 그런즉 시인의 낱말은 필연적으로 사물에 대한 물리 신학적인 논변이 아닌 감성·직관으로 이어지는 대응인 까닭에 이때부터는 의식과 동일시되는 영혼과의 통합을 꾀하는 수밖에 없다. 그의 업무는 그러기에 나중까지 시의 무변한 의미를 벗겨 내는 일을 서두를 수밖에. 이는, 곧 우리네 삶의 굴곡이 얼마나 깊은가를 다시금 헤아려 보는 일이었으므로. 그제야 비로소 시인과 사물[혹은, 무한]과의 간격이 좁혀지게 되었던 것. 어떤 때는 관조觀照의 묶음으로써.

4

무의식은 의식의 불완전함을 보완해 줄 뿐 아니라, 그만큼 불문곡직한 순수를 불러 모은다. 무의식은 그러면서도 도리어 의식의 오탁汚濁을 씻어 낼 것을 요구한다. 그러나 저러한 요구는 그만한 조건이 충족되지 않는 한 쉬이 나타나지 않는다. 그런 점에서 본다면, 시는 의식과 무의식의 수행 절차를 함께 끌어안는 즉각적인 각성으로서의 필증인 셈이다. 그런즉 시는 사상事象에 대한 의미 규정의 해법을 뛰어넘는 불가시적 존재와의 초월론적인 화해和解로 귀결될 수밖에 없다. 이는, 통상적인 사실에 관한 경험[혹은, 사고작용]이 그렇듯이 본질을 바라보는 비유형非有形의 구조물에 대한 내향적 조정이었던 것. 시는, 과학과는 달리 사상事象에 대한 완전무결한 논리를 끌어올 필요도 없다. 시는, 의식-무의식으로써의 초월적인 소여성所與性 그것 하나만으로도 족하다. 우리네 삶이 우월한 것은 의식의 효율로 굳어지지 않고, 도리어 어찌 보면 추상을 빼닮은 무의식의 판단중지로 말미암은 '불확실함'에 대한 내용의 보결로 해서 굳어진다. 시인의 직관은 바로 그 '불확실한' 내용의 여백과 연관된 암묵적인 비전들이다. 보자. 초월론적 감성을 지닌 시인일진대 그는 직관의 형식을 통해 삶을 이야기하고, 그리고 우주적 감각상感覺相의 더 먼 세계를 노래한다. 눈앞에 있는 사물은 더 이상 눈앞에 있는 사물이 아니다. 그것들은 우주적 감각상의 원인상적原因相的인 조형물일 따름이다. 사물로서의 (정태적) 대상은 이제부터는 객관에 머물러 있는 상존이 아니라, 시인의 민감한 직관 앞으로 다가온 현상학적인 양상일 뿐이다.

5

시인의 의식은 그러기에 이제는 무의식의 생성과 더불어 아름답게 변모된 우주적 유기체의 세부사항들을 흡수한다. 그 같은 반응[혹은, 시적 영감靈感]을 인지하는 순간 우리는 곧바로 이곳으로부터 다시금 무한으로 열리게 되는 신성神性의 발현을 확인하게 된다. 개인적인 정취가 신성神性의 계기로 옮겨가기까지에는 실제로는 그것이 (시인의) 무의식이 순연한 의식과 함께 뒤섞이는 경험을 거치지 않으면 안 된다. 그때는 시인의 지각이 신神의 고등한 정신으로 회귀하는 엑스터시를 본질적으로 이해하는 순간이다. 삶의 신비를 바라보며 살아가는 인간이 경건해질 수밖에 없는 이유는 여기에 있다. 한 편의 시를 읊조리는 동안, 그런데 우리네 인생은 쉬이 지나간다. 풀들이 흔들리는 것은, 바람에 대한 저항 때문이 아니다. 잠들어 있는 신神의 숙면을 깨우기 위해서다.

6

신神은 자기 자신의 지극한 덕을 쉽게 내보이지 않는다. 세상을 어지럽히는 인간과는 다르기 때문이다. 신神은, 그렇더라도 자기 자신의 덕을 공기와 물의 얼굴로 바꿔 가면서 이 지상의 온갖 오탁汚濁을 벗겨 낸다. 인간은 그러기에 물의 마음을 간파해 가며 상선上善에 이르기를 갈망한다("상선은 물과 같다. 물은 만물을 이롭게 함을 좋아해서 다투지 않는다. (그러면서도) 사람들이 싫어하는 (낮은) 자리로 돌아가 머물고 있다. 그러므로 물은 도에 가깝다"(상선약수 수선리 만물이부쟁 처중인지소오 고기어도上善若水 水善利萬物而不爭 處衆人之所惡 故幾於道—노자老子 BC 579년경~BC 499년경의 『노자』 제8장)). 물은 그러나 사람처럼 지껄이지 않는다. 물은, 하늘[혹은, 신神]을 붙잡고 있기 때문이다. 거꾸로 말해 보자. 하늘[혹은, 신神]은 물속으로 스며들기 때문이다. 물질 속으로 들어간 어둠의 실체적 음기陰氣가 밤의 베일을 눌러 쓴 채 그래서 덩달아 입을 다물고 있었던 것. 밤은 어둠의 소관으로 보더라도 애당초 물질의 계략ruse일 수밖에. 그러기에 어떤 사물이든 그것들은 물이 그렇듯이 불순함·복잡함을 씻어 낸 연후라야 온전한 시화詩化로 돌아가게 마련이다. 시인의 관찰 중 형용사를 더 멀리하는 까닭은 그 때문이다. 그러나 이 일은 실체를 지켜보는 실명사substance에 관한 정화의식 없이 저처럼 보잘것없이 떠도는 관념의 과잉[혹은, 환영幻影]을 다 벗겨 낼 수는 없다. 물질은 때로는 물질 이상이다. 그러나 이는, 시각적인 이미지의 풍요로움이 아니다. 물의 선량함이다[즉, 상선약수上善若水].

7

우리네 현실감 속에는 의식만큼 요동을 치는 것이 또 있을까. 의식은 인간의 뇌에 갇혀 있기도 하지만, 어느 순간에는 우주적인 무한 밖으로 빠져나가는 것도 의식이니 말이다. 시간과 공간의 의미가 허구라는 점을 생각해 보면 그럴 만도 하다. 말하건대 시인은 시를 쓰는 동안에는 현실과 비현실과의 간격이 어떤 것이든 의식과 기억의 추동력을 빌어 시간과 공간의 일관성을 봉합해 가면서 의식 속에 각인된 현행적인 삶의 정취情趣[혹은, 불변성]를 열어 놓는다. 물론 그러는 동안에도 그는 상당 부분 외부 사물들의 우발적인-우연한 변화를 통해 순간의 움직임을 지각한다. 이러한 순간이 아마도 영원을 꿰뚫는 살아 있는 시간의 계기적인 바탕이리라. 현재는 그런 의미에서는 지나가지 않고 언제나 한결같은 현행적인 선재pre-existence로 남을 뿐이다. 시간에 대한 시인의 역설은 이완의 정도에 따라 늘 그렇게 움직였다. 그러기에 시인의 시간 의식은 결코 불완전한 현상세계에 머물지 않고, 그만큼 진지하면서도 강렬한 까닭에 우주 진행의 초월적 체계를 내적 근원의 영감으로 길어 올리면서 무한의 층위로 이동해 간다. 질적인 관점에서는 시인의 시간은 우주공간을 바라보는 이데아의 복합물—심오한 세계의 변용물affectation일 뿐이다. 그에게는 시간이야말로 지금-이곳에서 경험하는 초월론적인 인지 내용이었던 것(칸트의 『순수이성비판』). 시는, 그렇다면 무엇이란 말인가. 시는 시간의 도식[즉, 통과 과정]에 얹힌 (시인의) 인지 내용 이외에 다른 서술이 아니다. 시간은, (시인의) 의식처럼 생성한다.

8

그렇더라도 시적인 지각은, 사물[혹은, 진리의 형식]이 드러내 보이는 이미지의 변용에 대한 사유 행위 없이 저절로 나타나지는 않는다. 사유든 이미지든 본래는 감각-지각 상황에서 드러나는 생명 운동인 까닭에 예술완성을 위한 유기적 서술 형태의 보정물補整物이었던 것. 그것들은 달리 말하자면 시인 자신의 내면성에 따라붙은 연상물이 아니며, 비물질적인 이데아의 또 다른 변형물도 아니다. 시적인 감각-지각은 그만큼 예언적이고도 초월적인 고로 이미 사물들 속에 각인된 정신의 밀도를 갖춘 사실상의 영혼의 역량으로 줄기차게 현시되고 있었던 것. 신성神性의 경건함 없이도 그래서 우리네 삶은 날마다 신성화된다. 문제는 몸의 현존을 완성해 가는 비밀이 영혼의 재활성화에 있었던 것. 영혼과의 연결고리는, (시인의) 정신의 사유체계 곧 직관력에 있었던 것. 직관의 귀환 없이는 시인은 아무 말도 하지 않는다.

9

그러나 (시인의) 영혼은 초월의 정신으로만 일관하지 않는다. 영혼의 본령은 어디까지나 영혼의 바깥인 현실에 닿아 있기 때문이다. 그러면서도 영혼은, 죽음을 죽음이라고 말할 뿐이다. 지옥은 지옥이라는 망상일 뿐이며, 천국은 천국이라는 망상일 뿐이다. (시인의) 영혼을 감싸 주는 삶이 소멸해 버리면, 그 삶을 이끌어 가는 현실 인식의 모든 궤적[즉, 현실 인식의 변형]마저도 함께 소멸한다. 영혼은 그러기에 이렇게 말한다; 죽음을 죽게 되면, 즉시 그 죽음마저도 사라진다. 우리는, 그것을 '죽음의 지속'[즉, $(\sim x)^2$]이라고 부른다. 시인 박찬일은 시 「묘비명 연습—묘비명 연습,」을 이렇게 쓴다(시집 『「북극점」 수정본』 2013년, 서정시학);

세상 바깥을 궁금해 하다

세상 안을 다 놓친 자.

여기 잠들다.

'세상 바깥'으로는, 그런데 다른 세상이 어떻게 또 다른 세상으로 달리 열릴 수 있겠는가. 죽음밖에는(그러나 어찌 알랴. 우리가 아는 세상 밖으로 또 다른 세상이 있을 수 있다는 것을. 공간을 건너 또 다른 공간이 있을 수 있듯이. 존재와 비존재의 구분을 구별할 수 없 듯이).

10
허나, 기독교가 말하는 '부활'이 있지 않은가(『신약』「요한복음」 11:25~26). 풀이 죽은 다음에는, 풀이 또다시 돋아난다. 기독교가 이야기하는 '부활'은 이 풀의 죽음과도 같이—죽음을 끊어 내는 갱 생regeneration[즉, $(x)^2$]을 두고 하는 말이다. 죽음은 죽음으로 끝나 는 죽음이 아니다. 넓게 보면, 죽음은 불가에서 말하는 '공空'의 역설 과도 같은 관점이다(『반야경般若經』). 시인 이성선李聖善 1941년~2001년 은 시「눈물」을 이렇게 쓴다(시집 『山詩』 개정판, 2013년, 시와);

서창西窓에 드리운 산도

이제

빛과 어둠의 세계다

한 방울 잿빛 눈물

산과 오래 앉은 그 사람
이미
자리에 없다

산을 바라보다 산이 사라지고
산을 바라보다 몸도 집도 사라지고

산도 자기도 없는
거기
그가 앉아 있다

"그는" 그렇게 부활했던 것. "산과 오래 앉은 그 사람 / 이미 / 자리에 없"이 그렇게 "그는" 부활을 구현해 냈던 것[즉, "산도 자기도 없는 / 거기 / 그가 앉아 있다"]. 시인의 "산"은, 시인의 인생이었다. "산"은 이미 부활의 화신化身이었으므로. ■

바람의 손이 궁극을 흔들고 있지 않은가
—정신과 감응

1

존재는 존재만으로는 완전하지 않다. 존재는, 존재의 유령[즉, 비존재]과 더불어 존재하기 때문이다. 유령은 사실의 일반적인 속성과는 달리 존재가 움직일 때마다 그 존재의 본연과 함께 어울리면서 물리적인 흉내를 드러낸다. 장자莊子 BC 369년경~BC 289년경는 저와 같은 움직임을 지목해 망량罔兩이라고 불렀다(『장자』 「제물론齊物論」). 이는, 실체와 그 실체의 그림자를 두고 하는 말이다. 하이데거 M.Heidegger 1889년~1976년는 이를 가리켜 '아무것도 아니고' 또 '아무데도 없는' 무無라고 명명했다(『존재와 시간』). 이 무無는 불안의 대상이었으며, 존재 자체의 무의의성이었던 것. 다시 말해 존재하게 된 자의 불안이었던 것. 불가에서 말하는 공空 역시 이를 두고 하는 말이었다(『반야경般若經』). 허나 그 같은 '무無/공空'을 통해 이 세계가 존재 바깥으로 드러나는 것을 보면, 존재의 불안이란 존재의 계기일 뿐 정작 인간이 불안해 할 부분은 '무無/공空'이 아닌 우리네 욕망 그 자체 내의 비정상적인 반응에 기인한 것들이었다. 실은 불안이 몰려오는 동안 삶의 본래적인 모습은 퇴락해지기는커녕 존재의 개현開現 앞으로 한 발짝씩 더 가까이 다가간다. 인간의 불안은, 따지고 보면 시간의 매듭으로부터 온 것이었다. 그와는 또 달리 시간의 매듭이 풀릴 때마다 만물의 생성은 한 겹 두 겹 더 새로운 탄생으로 이어지고 있었던 것(이를 가리켜 『주역』은 ䷚ 산뢰이山雷頤(스물일곱 번째 괘)라고 했다). 군자가 언어를 신중히 말하고 음식을 절식해 먹는 까닭은 이 때문이다(군자 이 신언어 절음식君子 以 慎言語 節飲食—이괘頤卦의 상사象辭). 문제는 언어와 그 언어를 통한 세계이해의 영향력에 있었던 것. 인간의 본성과 언어의 무제약적인 총괄은 두 쪽이 아닌 한 몸이었던 것. 말은 정신의 근간이다. 세계의 실재성[즉, 정신의 객관화]은 말로부터 열린다. 그런즉 가설과 추론과 상징을 조심해야 하리라. 예컨대 상징의 의미공간—그늘지고 축축한 부분—을 조금 더 깊이 들여다보면, 그것들 대부분은 (인간의) 욕망으로부터 온 어법들이다. 시인이, 상징을 함부로 써서는 안 될 이유가 여기에 있었던 것이었다.

2

정신은 의식을 동반한다. 의식은 정신세계와 물리적 세계에 관련된 모든 계기들[즉, 시간·공간·자연·존재의 표상들]이 삶의 가치로 전환되는 실행[혹은, 의미 형성]을 따라다닌다. 의식 다음으로는 대상들을 읽어 내는 지각이 온다. 지각은 감응이다. 흑백을 구별하고, 선악을 알고, 신명神明의 신령함을 이해하는 정치精緻들이 다 그런 것들이다. 마음이 소진되는 찰나 그러나 저와 같은 인식마저도 모두 사라진다. 그래서 감응은 마음의 이면인 동시에 모든 존재의 근거가 되었던 것. 다른 말로는 그것은 각성이며, 그 같은 각성을 통해 얻어낸 현실·현장에 대한 실리實理라 할밖에. 따라서 삶의 실리에 닿지 않는 본질은 존재하지도 않으며, 존재할 수도 없다. 신명神明의 신령함이란 것도 따지고 보면 삶에 대한 긍정적인 지각 이외에 다른 말이 아니다. 삶을 지각하는 토대는 여전히 우리네 감각 능력의 창안에 있었던 것. 시는, 이와 같은 창안 앞에서 우리네 삶의 의미가 어디 있는가를 정확히 대답해 줘야 한다. 그것은, 인식론적인 묘용妙用이 아니다. 그것은, 하늘에 순응하는 필연성 한 매듭이었던 것. 예컨대 나비 한 마리가 공중으로 날아오르는 굴신屈伸의 모양새였던 것.

3

꽃이든 나비든 마음 바깥 우주적 시간의 초월이든 그것들은 모두 동글동글했다. 유有든 무無든 그것들은 그저 동글동글할 뿐이었다. 모든 존재는 동글동글했다. 진리[즉, 도道]의 유여함이 그와 같은 것이었다. 진리란 한계에 대한 자각을 두고 하는 말이다. 한계를 깨달은 자는 객관의 의미[즉, 실증주의 혹은 실리實理]를 확충해 가고, 한계를 모르는 자는 주관의 의미[즉, 유명론唯名論 혹은 공리空理]에 휩쓸릴 뿐이다. 객관은 사물의 본체와 작용을 다 함께 인정하지만, 주관은 사물의 공적空寂만을 인정한다. 그러나 객관도 주관도 그들 양자가 의미하는 바 존재의 토대[즉, 삶의 '열린' 공간] 없이는 그곳에서는 어떤 추찰推察도 얻어낼 수 없다. 삶의 '열린' 공간이 곧 진리였던 것이었다. 생각은, 그러니까 생각으로 끊어지지 않고 실체들 뒤에 숨은 초월적 체계 원리를 추찰한다. 저와 같은 전제[즉, 참과 거짓의 대칭]에 관한 지각없이 어떠한 생각도 의미의 함양으로 추가될 수는 없다. 그렇더라도 인간은 감정의 발현發現·의미의 지각만으로는 결코 행복해질 수 없다. 그랬다. 그동안은 내 마음의 활동들이 존재의 지극한 존엄을 보살펴 왔기 때문이다. 그것은, 달리 말하자면 내 마음속에 붙어 있던 존재의 존엄[즉, 도덕의 극점極點]을 의미 대상에게 순순히 넘겨 주는 일이었다. 그러기에 인간은 의미 대상에 대한 현상학적인 해석을 통해서만 행복해질 수 있다. 내 마음은 도덕의 주거지일 뿐 지각된 의미 대상들의 묘용妙用을 함부로 변경할 수는 없다. (내) 감성 능력의 수행이라면 모를까.

4

따라서 (내) 마음속 순수영역이란 존재하지 않는다. 내 마음속 심기心氣는 의미 대상의 실상[즉, 만물의 호흡: 음양의 굴신]을 쫓아 움직일 뿐이다. 이 순간 실체와 결부된 시인의 의식은 명사와 형용사와 동사의 체계를 정신 행위로 합성해 내면서 존재에 대한 지각을 확대해 간다. 물론 진리의 표정을 바라보던 시인의 언어는 의미 대상의 객관화로 달려가는 말과 다시 포개지면서 원하는 만큼 또 다른 표상을 끌어들인다. 천지는 이제 마음의 이치에 닿아 있으니 더 이상 무심할 리도 없다. 천지가 인간의 마음속으로 파고들었다면, 우리네 인간은 천지의 마음을 그대로 쏙 빼닮을 수밖에. 또는 천지가 꽃과 나비의 몸속으로 파고들었다면, 꽃과 나비는 여전히 천지의 마음을 그대로 쏙 빼닮을 수밖에. 존재의 실재성에 대한 지각을 얻게 되는 순간 이때야말로 시인은 주관에서 찾아낸 의미 내용을 객관적인 대상에서 다시 찾게 된다. 인간의 정신은 바로 이 영역 안에서 우리네 삶을 관장하는 우주적인 물질계의 견인력과 새로이 접촉한다. 인간의 내면 의식과 자연의 현상계 사이로는 필연적으로 초超의식의 감응에 닿은 황홀한 접점이 연결돼 있으니 말이다. 이 같은 존재의 실재성에 대한 지각내용을 보더라도 인간은 자연과 독립해서는 결코 혼자 살아남을 수가 없었던 것이었다. 보라. 인간의 갈망이든 만물의 탄생이든 우주 법칙의 순환을 따르지 않는 존재란 이 세상에는 없다. 지금부터는 우리네 상상력을 꿰뚫고 들어오는 우주정신의 언어를 귀담아들을 때다.

5

우주정신의 언어라니, 무슨 말인가. 차라리 모든 대상으로부터 비켜난 헐벗은 명상의 동기부여라고 말해야 옳지 않을까. 존재의 정밀靜謐을 보고 난 뒤에는 '이것'과 '저것'의 경계가 무너지고, 의미 대상의 '유有-무無'마저도 흩어지고 마는 것을. 허나, 시인의 마음은 저와 같이 아무것도 아닌—달리 조회할 것도 없는 은폐된 대상의 부재성을 끌어안고 고민한다. 물론 그의 시야에 들어온 사물들은 사물 자체로서의 외물外物이 아니다. 그런즉 대상들[즉, 객관적인 의미]에게 이름표를 달아 주는 시인의 정성은 어떤 상황에서든 진실만을 섬기는 지각이어야 한다. 시인의 조망眺望 속으로 이동한 대상들의 외재성은 단숨에 그의 주관적인 의표로 다시 변형되는 까닭이다. 이 경우 시인의 주관이 자기 자신의 감각에만 쏠려 있게 된다면, 그것들 대상을 복원하기는커녕 대상과의 혹독한 단절로 인한 망념妄念에 사로잡힐 뿐 지각을 관통한 어떤 지향도 얻어 낼 수 없다. 시인의 인격이 살아나는 부분은 대상이 지닌 영혼 상태와의 공감sympathy을 통해서만 이루어진다. 이것을 두고 우리는 예술작품의 이타성利他性이라고 부른다. 공감을 불러오지 못하는 시는 백해무익할 뿐이다. 대상[즉, 내가 말하는 우주란 곧 사물 공간의 현전現前을 두고 하는 말이다]을 감싸고 있는 사실의 단면마다 영혼의 연소성燃燒性이 피어오르지 않는가. 존재와 무無의 투명함 앞에서라야 영혼은 움직인다. 이 같은 영혼의 치명致明을 숨겨둔 채 시인은 도대체 무슨 말을 할 수 있겠는가.

6

위상학Topology[즉, 다원화多元化]으로 만물을 쳐다보게 되면, 모든 대상은 그 대상이면서도 여전히 그 대상도 아니라는 사실에 직면하게 된다. 예컨대 느티나무를 신격화하면, 그 느티나무는 당장에 신당神堂이 되고 만다. 거꾸로 말해서 저쪽에 있는 대상들을 인간화 humanized하게 되면, 그 대상들은 즉시 인간의 형상을 입게 된다. 그러므로 모든 대상은 존재의 적부適否와는 관계없이 삼원삼차적三元三次的인 구조를 띠고 있다[즉, 과거-현재-미래의 복합 (3^3=27)]. 불가에서 말하는 이제삼절론二諦三節論의 여래관如來觀도 여기에 흡수된 논리였으며(길장吉藏 549년~623년, 수·당대隋·唐代), 유가에서 말하는 "군군君君, 신신臣臣, 부부父父, 자자子子"라는 품성론 역시 거기에 흡수된 논리였으며, 기독교의 기독론에서 말하는 예수가 '성부-성자-성신(성령)'으로 통합된 신神이라는 점 또한 저와 같은 논리의 양상들이었다. 삼원삼차三元三次의 사고유형이란 이분화의 개념을 떼어낸 무상정등정각無上正等正覺('아눅다라삼먁삼보리')의 입지로 돌아가 이른바 '주체-객체'가 하나로 겹치게 되는 이중부정(~(~(~X)))의 실상을 두고 하는 말이다. 이중부정이란, 그러니까 있는 것도 없고, 없는 것도 없는 '유有-무無' 상관의 실태를 두고 하는 말이다. 시인이 말하는바 "하늘이 말하고, 느티나무가 말한다"는 해명은 이를 두고 하는 말이다. 달리 말해 보자; 나는 '우리' 속에도 포함되며, '나라' 속에도 포함되며, '세계' 속에도 포함되며, '우주' 속에도 포함된다. 이것들은, 한마디로 말해 미분화未分化의 강령들이다. 또 '시간-공간'의 대칭을 벗어나게 되면, 나는 과거로부터 있었으며, 지금도 있는 중이며, 미래에도 여전히 있게 될 것이다. 이를 가리켜 우리는 그것을 '역사歷史' 혹은 '한恨'이라고 부른다. 왜 사는가. 이 세상에 존재하는 생동력 없이는 우리는 단 한 순간도 살아남을 수 없다. 버리고 갈 것들은 물론 다 내버리고 가야 하리라. 불평할 것도 없다. 마음 내키는 대로 행하되 규범에서 어긋나지 않게끔 행해야 한다[즉, 종심소욕불유구從心所欲不踰矩──공자孔子 BC 551년~BC 479년 『논어』 「위정爲政」]. 적당주의는 안 된다. 아는 것은 안다고 말해야 하고, 모르는 것은 모른다고 말해야 한다[즉, 지지위지지 부지위부지知之爲知之 不知爲不知──『논어』 위와 같은 장]. 명사[즉, 주격과 목적격]는 안 된다. 동사[즉, 자동사와 타동사]라야 한다. 그런 점에서 나는 지금까지 전이轉移가 아닌 전화轉化를 이야기해 오고 있었던 것. 변화는 인간의 생각 속에 갇히는 법이 없다. 주체[즉, 무색無色]와 객체[즉, 유색有色]는 모두 생각 속에 갇힌 이분화 된 개념들일 뿐이다. 생각[즉, 마음속 조작] 그 자체를 뛰어넘어야 한다. 시인일진대 그는 마땅히 무無에 대한 저항까지도 탐심임을 직시해야 하리라. 궁극은 없다. 바람의 손이 궁극을 흔들고 있지 않은가.

7

그러나 그러함에도 불구하고 우리네 삶이 점점 나빠진다는 느낌은 어디서 오는 불경不敬일까. 미래가 없는 시간의 소멸 때문이 아닌가. 벌레는 살기 위해서 나뭇잎을 파먹는다. 인류는 죽기 위해서 시간을 파먹는다. 자연[즉, 물질]이 무한하다는 착각 속에 파묻힌 인류는 여전히 아무런 두려움도 없이 시간만을 소비하고 있으니 말이다. 어느덧 인류 최후의 재앙이 시작된 것 같다. 시간이 부족하다. 누구누구가릴 것도 없이 인간의 욕망은 물질의 소유에만 전념할 따름이다. 새삼스럽게 정신의 부패를 탓할 겨를도 없다. 이 같은 시대의 혼효混淆 앞에서 누구는 또 정치를 말하고, 또 경제를 말하고, 또 과학적인 세계관을 말한다. 말짱 도루묵이 될 텐데도 말이다. 허나, 아직은 절망할 때가 아니다. 시간이 많이 남아 있어서가 아니다. 우주적 존재의 작위作爲는 그래도 멀쩡했다. 저것 보라. 느티나무 가지에 붙어 울어 대던 매미가 땅바닥에 떨어져 방금 장엄한 발걸음을 떼기 시작했다. 운명殞命을 챙기러 가는 모양이다. 그저 불안했던 내 정신은 나 자신의 한계를 바라본 뒤에라야 비로소 안정을 얻게 되었다. 시간의 한계가 본질의 격조였으므로.

8

그 같은 한계를 『주역』으로 바라보자면, 인간은 비로소 하늘과 땅[즉, 건곤乾坤: 존재의 몸]의 움직임을 통해 드러나는 수화기제水火旣濟 ☲☵(가로막힘)/화수미제火水未濟 ☵☲(형통함)의 변환을 속속들이 쳐다볼 수 있었던 것이다. 군자는, 물론 그 미제를 쳐다보면서 사물의 본질이 어떤 것이며 또 어디에 있는 것인가를 거듭거듭 확인하게 된다(화재수상 미제 군자 이 신변물 거방火在水上 未濟 君子 以 愼辨物 居方—미제괘未濟卦의 「상사象辭」). 세상에는 유有와 무無의 마무리는 없고, 다만 순번이 있을 따름이다. 느티나무 위에서 울던 매미는 그렇게 울다가 갔다. 어떤 존재든 어떤 상황이든 완전한 것은 없으며, 세상은 여전히 미완성의 '기제旣濟-미제未濟'를 건너다닐 뿐이다. 종즉유

시終則有始였던 것. 상하도 없고, 귀천도 없고, 중심과 변두리도 없다. 무위無位를 알아차릴 때 그때라야 사물과 시간[즉, 1년→2년→3년 →4년→5년(…)→5만년→(…)]과 사랑이 보인다. 인간은 비로소 인간답게 된다.

9

이처럼, 진리에 관한 객관적인 호응이든 주관적인 감응이든 그것들 인식론적인 규범은 여전히 대상이 아닌 사실 그 자체로서만 지속될 뿐이었다. 생각[즉, 언어]으로 쓸어 담는 흔적[즉, 환영幻影]이 아니다. 그들 규범이 다소곳이 정신으로 기울어지게 되면 이때 이곳에서는 인격 형성의 여러 의미가 한꺼번에 살아 움직인다. 인격이란, 길을 뒤쫓는 발견을 두고 하는 말이다. 그것은 일몰을 향해 걸어가는 바람길과도 같은 것. 그 바람길이란, 물론 바람[즉, 존재]에 대한 해석이 있기 전부터 지속돼 온 시간의 전모라 할밖에. 시간은 본질보다도 더 가까운 존재의 핵이었으므로. 그런 점에서 본다면, 시간은 늘 뒤로 지나가지 않고 앞으로 되돌아온다. 이 같은 전체성의 표명 아래, 말하자면 사실·사건의 단호한 면적은 사물 하나하나의 체용體用에 대한 숭고한 정신으로 단속되고 있었던 것이었다. 바람길은 사실·사건의 실상 속으로만 파고든다. 사실·사건의 배경을 드러내지 않는 정신은 부패한다. 망념이 그것이었던 것. 허나, 지금은 의미 하나가 바로 보일 때다. 깨달음은, 주관과 객관의 통합[즉, 주체 ⇆ 객체]으로 내재화된다. 동사의 자리바꿈으로 다시 말한다면, 자동사와 타동사의 병합[즉, '~되다' ≒ '~하다']이 완만하게 움직인다. 이는, 내가 '당신'이 되고, 당신은 '내'가 되는 이치와도 같다. 내면[즉, 가변성]과 외형[즉, 고유함]은 둘이 아니었다. 물[즉, 어둡게 가라앉은 침묵]과 불[즉, 붉게 타오르는 열망]의 속성은 둘이 아니었다. 본질은, 사실의 투명함과 결합한 언어[즉, 정신]의 불꽃이다. 영혼spirit은 그 불꽃[즉, 빛의 속성]으로 숨을 쉰다. 시인이란, 그러니까 그 속성의 의미 앞에서 이름을 붙여 주는 것으로 낙을 삼는다. 사물들은 그런 다음 비로소 존재의 유적으로 살아남는다.

10

꽃이 아름답다는 말은, 꽃의 아름다움과는 무관한 말이다. 거룩한 하나님이란 말은, 하나님의 거룩함과는 무관한 말이다. 시인은 그러기에 의미의 의미[즉, $(의미)^2 \cdot (X)^2 \cdot (\sim X)^2$]를 이야기한다. 그것은 이른바 의미 안에서 더 깊은 의미를 찾는 사유체계의 이중화二重化를 두고 하는 말이다. 공자의 언명이 또한 그랬다; "잘못을 저질러놓고도 뉘우치지 않을 때, 그것을 잘못이라고 한다"(과이불개 시위과의 過而不改 是謂過矣—『논어』「위령공衛靈公」). 루터M.Luther 1483년~1546년 또한 이렇게 간구했다; "주의 의로 나를 건지시며 나를 풀어 주소서"(「시편」31:1~2). 그에게는, '주의 의義'란 하나님 자신의 속성이라기보다는 "나를 의롭게 건져 주시는" 그런 '하나님의 의'를 가리키는 말이었다. '주의 의'는, 요컨대 의義의 의義[즉, $(의義)^2$]였던 것이다. 꽃의 아름다움은, 꽃이 아름다웠기 때문에 아름답게 보이는 것이다. 믿음이라는 말 또한 내가 하나님을 믿는다기보다는 나에게 믿음을 주시는 하나님의 돌보심을 믿는다는 것을 가리키는 말이다. 그것은, 사동使動의 권능이었던 것. 행복은, 나 자신이 행복을 꿈꾼다고 해서 행복해지는 것이 아니다. 행복을 주시는 분이 따로 있기 때문이다. 이때야말로 본질의 체현을 곧바로 쳐다볼 때다. 본질을 역행하고서는 아무것도 이룰 수 없다. 시인 기형도奇亨度 1960년~1989년의 시 「병」을 읽어 보자(시집 『입 속의 검은 잎』 유고 시집, 1989년, 문학과지성사);

　내 얼굴이 한 폭 낯선 풍경화로 보이기
　시작한 후, 나는 주어를 잃고 헤매이는
　가지 잘린 늙은 나무가 되었다.

　가끔씩 숨이 턱턱 막히는 어둠에 체해
　반 토막 영혼을 뒤틀어 눈을 뜨면
　잔인하게 죽어간 붉은 세월이 곱게 접혀 있는
　단단한 몸통 위에,
　사람아, 사람아 단풍 든다.
　아아, 노랗게 단풍 든다.

위 시에서, 시인은 생명력[즉, "영혼"의 형상]의 정위定位가 몰락해 가는-죽음의 절차를 마치 생기론生氣論을 말하듯이 진단한다. 그는,

죽음의 간접성으로 건너가는 '자연스러운' 삶의 박탈을 "노랗게 단풍 든다"는 참언讖言으로 이어 가면서 시간의 영락零落을 지목한다. "단풍"은 소멸로 진행되는 슬픔을 자아내지만[즉, "사람아, 사람아 단풍 든다 / 아아, 노랗게 단풍 든다"], 그러나 이곳에서는 삶의 주도主導를 그르치는 본말전도의 그 어떤 지체遲滯도 일어나지 않는다[즉, "가끔씩 숨이 턱턱 막히는 어둠에 체해 / 반 토막 영혼을 뒤틀어 눈을 뜨면 / 잔인하게 죽어간 붉은 세월이 곱게 접혀 있는 / 단단한 몸통 위에,"]. 그랬다. 그는 죽음을 순순하게 받아들이고 있었던 것이었다. 죽음은, 죽음으로써의 순수 지각의 외연에 불과했으므로. 시간의 힘[즉, "병"]에 대한 불안은 그러나 그에게는 "반 토막 (남은) 영혼의 뒤틀림"에 불과했다. 그는 죽음의 노출을 그렇게 정면으로 받아들이고 있었던 것이었다. "병"이란, 삶의 생동성과 함께 죽음에 대한 초월 감각까지도 그만큼 적극적으로 높여 주는 것이었으므로. 그는 그때 비로소 "나는 (…) 나무가 되었다"는 말을 그리도 가볍게 이야기할 수 있게 되었던 것이었다. ■

II부

시는, 의미에 갇히지 않는다
—무한자와 로고스

1

버릴 사[즉, '捨']. 아람이 벌어진 알밤은 망설임 없이 제 몸을 얼른 내버린다. 이는, 자연이 우리에게 내보이는 완숙의 미덕이었던 것. 진실과 아름다움의 실태는 그렇게 움직인다. 『주역』의 ䷨ 산택손山澤損(마흔한 번째 괘)이 일러 주는 '덜어낼' 손[즉, '損']의 해체가 또한 그렇게 움직인다. 시간은 그냥 지나가지 않는다. 시간의 진행은, 풀어 내고[즉, '解'] 또 덜어 낸다[즉, '損']. 그에 대한 성찰은 인간의 몫이었다. 물어 보자. 왜 풀어 내고, 왜 덜어 내는가. 이는, 우리네 마음의 평온을 온전히 지켜가기 위함이다. 정보와 지식의 과잉도 문제지만, 욕망의 과잉은 더 큰 문제다. 사랑도 넘쳐나게 되면 집착이 되고, 또 추락이 된다. 만물의 생장 원리로 보건대 강한 것들이 먼저 쓰러진다. 왜 그런가. 강한 쪽이 약한 쪽을 짓밟는 부도덕한 생존 방식[즉, 착취] 때문이다. 공자孔子 BC 551년~BC 479년는 이런 말을 했다; "손은, 아래를 덜어 위를 보태 주는바 그 길이 위로만 열려 있구나"(손 손하익상 기도 상행損 損下益上 其道 上行—손괘損卦 「단전彖傳」). 부자는 더 부자가 되고, 가난한 자는 더 가난해진다. 필연코 멸망하리라. 큰 것은 언제든지 좋은 것만은 아니다. 그래서 '큰' 하늘은, 높은 하늘에 있지 않고 낮은 땅 아래로 내려와 '작은' 몸이 된다. 큰 것이 큰 크기로 머물러 있다는 생각은 그것이야말로 우상숭배가 된다. 슈마허E.F.Schumacher 1911년~1977년는, 오늘날의 '좀 더 강하고 좀 더 높게'라는 표어를 바꾸어 '작은 것이 아름다운 것'이라는 말을 했다(『작은 것이 아름답다』). 그것이, 진정한 '크기'의 모델이었던 것[즉, 『주역』의 ䷩ 풍뢰익風雷益(마흔두 번째 괘). 혹은 화엄의 세계 『화엄경華嚴經』]. 공자는 이렇게 말한다; "익益은, 위엣것을 덜어 아랫것에 보태는 것이므로, 국민은 이에 한없이 기뻐하며, 위로부터 아래로 내려오매 삶의 길은 더욱 크게 빛이 난다"(익 손상익하 민열무강 자상하하 기도 대광益 損上益下 民說无疆 自上下下 其道 大光—익괘益卦 「단전彖傳」). 천기天氣와 지기地氣가 서로 어울려 자리를 바꾸게 되면, 세상은 저절로 태평해질 수밖에 없다. 치자는 이에 더욱 낮은 자세로 처신해야 할 것이며, 국민은 상기祥期 더욱 의연한 눈높이로 살아가게 된다. 밤하늘의 별빛이 반짝이는 것은 그 점에 대한 호응이었다.

2

알밤[즉, 물질]은 사라졌지만, 인간의 정신으로 일궈 낸 업적은 살아
남아 문학이 되고, 철학이 되고, 정신현상학이 되고, 역사가 된다.
아니다. 물질은 없어지는 것이 아니라, 인간의 정신으로 살아남아
생물학이 되고, 농학이 되고, 지리학이 되고, 물리학이 된다. 이를
가리켜 불가에서는 연기緣起라고 했으며, 오늘날 과학의 상대성이론
에서는 그를 가리켜 질량과 에너지의 법칙이라고 간단히 치부했다
[즉, $E=mc^2$]. 『주역』은 다시 그것을 "일음일양지위도一陰一陽之謂道"
라고 부른다(「계사전상繫辭傳上」 제5장). 물질의 체형[즉, 질량]과 (인
간의) 정신 현상[즉, 에너지] 사이에는 시간과 공간의 관계와도 같이
서로 분리될 수 없는 똑같은 작용의 두 실체가 함께 움직이고 있었
던 것. 그만큼 물질과 정신의 상응은 멀고도 가까운 간격을 오르락
내리락하면서 질량 규모들이 일러 주는 명제를 끊임없이 이어 가고
있었던 것. 그렇게 본다면, 물질과 (인간의) 정신은 존재의 비밀스러
운 일자一者를 함께 공유하면서 서로 다른 시차時差의 법통을 나눠 갖
게 된다. 그런 다음 정신은 다시 물질의 움직임을 따라다닌다. 그랬
다. 일자[혹은, 무한자]의 작용 연관을 좇아 시인의 로고스를 따라가
보자. 시는, 물리학이다-건축공학이다.

3

시인의 시각은 낱말을 쳐다보지 않는다. 실재의 세계를 바라보는 그
는, 마음의 거울을 가지고 우주적 초超실체의 당위[즉, 존재의 빛]가

어디 있는가를 주목한다. 그가 바라보는 사물들은, 그것들이 사물이라는 인식의 합리성rationality에 머물러 있기보다는 불합리한 정신의 회전 속에 포함된 사물로서의 기하학적인 도면들이었던 것. 달리 말하자면, 그 같은 사물의 곡면曲面은 그 사물 건너편으로 오고 가는 시인 자신의 현상학적인 관점들이었던 것. 그들 현상학적인 관점은 사물의 제한된 물리적인 공간을 벗어나 우주적 속령의 무한과 함께 속삭이는 공기저항의 마술인 듯이 그렇게 변형돼 있었던 것. 시적인 지각은 어느덧 물리학의 현상과 동등한 파장으로 나부꼈다. 시의 의미영역은, 여전히 시의 의미망網 바깥으로 흘러넘쳤다. 예컨대 슬픔을 노래하는 시의 격조는 이미 그 슬픔의 내막을 훨씬 벗어난 우주적 기상氣象의 가속운동을 취하고 있었던 것. 시의 원심력은 시인의 마음속에 있지 않고, 우주 공간의 쾌청함에 응답하는 깨우침[이를테면, 신神에 대한 사유]에 연계돼 있었던 것. 그 같은 깨우침이 있고 난 다음에는 시인은 물체 운동의 변화가 어떻게 움직이는가에 대해서는 전혀 관심을 두지 않는다. 그는 드디어 시공간의 형태로부터 완벽히 벗어날 수 있게 되었다.

4

앞에서 나는 초자연에 대한 존재 지향의 뜻을 (내) 마음의 깨우침이라는 말로 바꿔 말했다. 그 말에 오해가 없기를 바란다. 초자연과 (내) 마음의 깨우침과는 아무런 상관이 없다. 마음이란, 마음에 대한 가설을 떼어 버릴 때 그때라야 비로소 (내) 마음으로 발현發現된다. 엄밀히 말하자면, 신神에 대한 내 믿음 역시 내가 믿어 마지않는 믿음과는 아무런 관련이 없다. 신神은, 홀연 내 앞으로 다가와 내 마음으로 하여금 온전히 신神을 믿게 만든다(신神은, 어디까지나 홀로 '존재하는' 신神이었으므로). 그런 다음 신神에 대한 인간의 경건은 그때 비로소 나타난다. 순수-경건이란, 하늘[즉, 신神]이 나 자신을 지켜보고 있다는 생각에 기인하지 않는다. 하늘이 나 자신을 지켜보고 있다는 생각은, 나 자신이 나 자신을 지켜보고 있다는 생각의 변용이다. 그럴 때는 우리는 비로소 순수해지고-경건해진다. 다시 말하자면, 순수-경건이란 나 자신의 마음이 '고요함'에 머무르는 정숙함을 두고 하는 말이다. 그 같은 '고요함'이 하늘을 섬기면서 내 마음을 지켜 내고 있었던 것. 하늘의 형상은 땅으로 내려와 땅의 권속들과 더불어 형체를 이룬 뒤 만물의 변화로 이어지게 된다(재천성상 재지성형 변화 현의在天成象 在地成形 變化 見矣—『주역』「계사전상繫辭傳上」 제1장). 그런즉 앞서 이야기한 초超실체란, 하늘의 권능으로서가 아닌 하늘의 자발성[즉, 자연법칙]으로 해석돼야 옳다. 시는 물리物理를 이야기하면서, 그와 동시에 천리天理를 이야기하기 때문이다.

5

존재란, 도대체 무엇이란 말인가. 존재란, 정신과 물질의 결합을 두고 하는 말이다. 거꾸로 말해 보자. 물질 없는 정신은 움직이지 않는다. 그것은, 시간과 공간의 결합이었으므로. 이를 두고 하이데거 M.Heidegger 1889년~1976년는 마음가짐의 존재론적인 의미[즉, 다른 말로는 시간과 일상의 결합]라고 말했다(『존재와 시간』). 본론으로 들어가 보자. 시인은 누구인가. 시인은, 바로 그 존재의 근원을 지켜본다. 그의 입술에는 저와 같은 존재 현현顯現의 명사[즉, 물질]와 동사[즉, 정신]의 정황situation 하나가 묻어 있을 뿐이다. "하늘에 가면 다 가는 줄 알았는데 / 도달到達이라고 생각했는데 / 하늘 바깥에 또 하늘이 있었다니"(박찬일의 「나비를 보는 고통」). 말하자면, 시인이 이곳에서 바라보는 존재의 원천은 '하늘-도달到達'[즉, 명사-동사의 행렬matrix]로 이어지는 존재의 무궁함이었던 것. 하늘은 하늘의 흔적을 남기지 않는다. 그렇다면 이곳에서 시인이 말하는 '하늘'이란, 끊임없이 되풀이되는 무한함이 아니라 이곳으로 다시금 되돌아오는 존재의 귀환이 아니었을까. '가는' 것이 '오는' 것이었으므로. 그것을 또 우주 회전운동으로 본다면, 그것은 이른바 중력 운동의 체적體積인 셈이었다. 작은 것이 큰 것[즉, 전체]이며, 큰 것이 작은 것[즉, 부분]이라는 장자莊子 BC 369년경~BC 289년경의 통찰이 그러했다(『장자』「제물론齊物論」). 세상에는 '나' 홀로 존재하는 개별은 없다. 유有와 무無의 간격 또한 그러했다. 나뭇가지 하나를 꺾으면, 숲 전체의 나무를 파괴하는 일탈로 번져 간다. 우리가 그토록 옹호해 온 적실함은 분명히 말하건대 가설일 뿐이다. 그럼에도 불구하고 인간은 극단적인 편견을 가지고 극단적인 신념을 따라가면서 우리네 생애의 미래를 망가뜨린다. 이는, 하늘[즉, 본질]의 존재 과정을 오인한 까닭이다. 이것이 지금 우리네가 목격하는 현실인바 시인일진대 그는 이제부터는 존재의 타자성을 위한 담론에 다시 눈을 떠야 하리라.

6

쇳덩어리를 뚫고 있는 열선熱線을 보고 있노라면, 정신의 불빛이 보인다. 가령, 낙숫물 떨어지는 소리를 들으며, 나뭇잎이 흔들리는 바람 소리를 들으며, 나뭇잎 사이 어치가 울어 대는 거동을 쳐다보며, (…) 시인의 정신은 깨어나지 않았던가. 그런가 하면 한낮에는 공원 한 귀퉁이에 처박힌 제비꽃과 민들레와 장미와 햇볕의 색감色感, (…) 그런 물체들은 시인의 존재 변형에 관한 사유와 더불어 나른하기 짝이 없는 공기의 미혹 속에서 다 함께 나뒹굴고 있었던 것. 이상한 일이었다. 그것들은 사실상 바깥에 남아 있는 실체들이었지만, 그들 실체를 (내) 내면세계의 서술로 옮겨다 놓게 되면 어떤 때는 터무니없는 존재의 허령虛靈으로 바뀌기도 했으니까. 그랬다. 사물에 대한 상상적 가치의 상승개념이 어긋나 버리면 그때는 거꾸로 존재 최면의 제웅이 나타나는 법이다. 그렇건 그렇지 않건 간에 의식과 사물 사이에 가로놓인 상호동화는 (시인의) 상상적 가치의 비상飛上을 따르게 마련이다(그 비상이 시인의 무거운 근심을 씻어낸다). 사물의 '중심' 의미는 언제나 사물로서 거기 혼자 고립돼 있는 경사면傾斜面이 아니다. 사물에 대한 시인의 직언은 그만큼 건강한 것이었으므로. 이때부터는 시인의 논점[즉, 심리 현상]은 좀 더 단순화된다. 사물의 규격만큼 단순한 것이 또 어디 있으랴.

7

그렇게 본다면, 하늘에서 내려오는 빛과 공기가 더욱 단순한 것이
매 (시의) 의미 또한 단순한 것이어야 한다. 의미가 복잡해지면, 그
때부터는 의미가 사악함으로 변형된다. 밤하늘에 반짝이는 별빛을
올려다보라. 우리네 의식의 주관적인 시선이 우주의 시원始原을 감
싸고 있지 않은가. 이는, 그렇게도 단순한-투명한 이치의 광채였던
것. 빛과 같은 우리네 의식의 단순성이 사물의 완고한 체형을 쓰러
뜨린 다음 그 대신 그곳에다 인생의 설화雪花를 심어 놓는다. 우리가
사용하는 은유도 유추도 상징도 그렇게 움직였다. 의미의 확장[즉,
과장법]은 시정詩情을 해치는 마약일 뿐이다. 시적 긴장의 신비가 마
냥 좋은 것은 아니지만, 천상의 세계에 대한 정신력은 늘 정상적인
현실이해의 특성과 연결된 다음에라야 아름답게 발현된다. 대지의
리듬은 본래 그러한 것이었으므로. 인간의 영혼이란, 정신 심리상 자
기 자신 정신상태에 대한 자부심[즉, 정신의 내면을 지켜보는 '고요
함'] 이외에 또 다른 뉘앙스를 지켜보는 황홀이기도 했던 것(바슐라르
G.Bachelard 1884년~1962년의 『공기와 꿈』). (내) 정신의 '고요함'[혹은,
'잠심潛心']이란, 달리 말해서 활동적인 (내) 사고력의 휴식상태를 가
리키는 말이다. 내 마음을 사물의 수준으로까지 내려놓으면 누구든지
단순해진다. 아마도 환희-침묵의 절반이 그런 수준에 이른 것이리라.

8

단숨에 천 리를 날아가는 새는 없다. 이를 가리켜 『주역』은 ䷚ 풍산

점風山漸(쉰세 번째 괘)이라고 했다. 시간과 공간의 배경에 키를 맞춰 가면서, 나무는 그렇게 차츰차츰[즉, '점漸'] 자라 올랐다. 그것이, 천리天理[즉, 자연법칙]였던 것이다. 거꾸로 말해 보자. 순간의 무효화는 영원의 무효화다. 출발점은 언제나 도착점이 된다. 한순간의 시작과 또 다른 한순간의 시작은 각각 동일한 시간의 시작이며 지속일 뿐이다. 지속일지라도 그러나 그 지속은 한순간의 지속을 통해 이뤄지는 존재와의 화해和解에 어떤 영향을 미치지 못한다(거기에 초월의 건너뜀이 있었던 것). 그런즉 소멸과 함께 탄생하는 존재의 신비를 그저 시간의 몫으로만 남겨둘 수는 없다. 존재와의 접촉을 꿈꾸는 영역[이를테면, 역설과 직설의 반동]을 통해서도 어느 정도는 그 존재의 현시現示가 드러나고 있지 않았던가. 존재의 현시는, (내) 마음속에 감도는 대상과의 평정equilibrium 이외의 다른 존재감이 아니다. 이때부터는 누구도 시간의 불충분함을 뒤엎고 달려오는 초월적인 존재소素를 외면할 수 없게 된다. 예컨대 자기의식의 고유한 징표인 경건성과 더불어. 물어 보자. 불제자가 아닌데도 왜 부처님 앞에서 무릎을 꿇고 절을 하는가. 존재의 지향은 오로지 밖에 있는 대상의 고결함을 향해 열려 있는 것만은 아니다. 슬픔·그리움이 도리어 지금껏 내 정신의 사물화reification에 따른 피할 수 없는 존재의 결핍을 가려내 주고 있지 않았던가. 사물만 놓고 보더라도 사물은 여전히 사물 이상의 심성적인 대응요소였던 것. 시-공간상의 투사projection로 본다면, 그동안 사물들이란 인간의 정신과도 같이 삶의 긍정성을 대변해 주는 일정한 매개물 이상의 존재론적인 대응요소를 갖추고 있었던 것. 그런즉 사물로 하여 인생살이의 선험적인 구상력이 더 깊어지고 더 넓어지고 있었던 것. 따라서 시인에게는 실체의 시간 바깥에 있는 예기豫期의 영역을 건너다보는 눈이 필요했던 것(그것을 정신의 빛이라고 명명해두자). 시인이, 눈에 보이는 형상에만 매달릴 수 없는 이유가 바로 여기에 있었던 것이다. 이때부터는 그는 '고요한' 마음을 견지해야 하리라. '고요한' 마음이란, 달리 말하자면 형상이 아닌 '사실'에 근거한 생각을 가지고 만물을 쳐다보는 관점을 두고 하는 말이다. 그때라야 그는 아무런 망설임도 없이 사물에 대한 인지와 함께 존재 지향의 새로운 비전을 꿈꿀 수 있게 된다.

9

'고요한' 마음은, 달리 말해서 의미에 갇힌 의미가 아닌 순수의미에 직면하는 '깨끗한' 마음을 두고 하는 말이다. 우리는 어떤 의미와 접촉할 때는 그곳에서도 수없이 많은 의미의 다양성에 휩쓸리게 마련이다. 사물에 관한 해석은 말 그대로 그 대상이 지닌 다양한 의미의 복합이기 때문이다. 저쪽에 있는 대상들이란 언제든지 불쑥 나타나 자기 자신 객관의 타당성을 인정받으려고 한다. 만유에 머물고 있던 시간은 언제나 다급했다. 거꾸로 말해 보자. 어느 순간 그것들은 돌연 말로 연결될 수 없는 암흑으로 바뀌면서 우리네 마음을 어질러 놓았던 것. 시인이 '고요한' 마음을 추스르기란 그래서 어려운 일이었다. 더구나 그 같은 사물의 객관에 대한 보장은 내 마음속 자의恣

意에 의한 해석이 아니었던가. 그런 점으로 본다면, 예술·문학·현상학의 방자함이란 끝날 줄 모르는 연극의 조명이라 할밖에. 그런 만큼 시인은 지금 객관적인 의미의 변형에 대한 언급을 어느 변곡점에서 되돌려야 하는가를 캐묻고 있지 않은가. '이것'을 '저것'이라고 말해 버리는 은유의 공간화가 얼마나 유효할 수 있겠는가. 그렇지 않았다. 객관적인 의미는, 엄연히 객관적인 의미로 거기 남아 있는 존재였다. 소나무는, 어디까지나-언제까지나 소나무일 뿐이다. 그것이 말하자면 소나무의 의미였던 것. 소나무의 영역에 소나무의 의미가 나타나지 않는다면, 우리는 그 소나무가 어디 있는지-소나무가 왜 있는지-소나무가 어떻게 있는지를 모른다. 물어 보자. 시인의 의식은 어디 있는가. 시인의 의식은, 맨 먼저 대상을 똑바로 바르게 쳐다보는 데 있다. 그것마저도 실은 간단한 일이 아니다. 등 뒤에서 몰래 행해지는 의미는 없다. 마음을 '고요히' 간직한 뒤에는 비로소 모든 의미가 사라진다. 의미는, 언제든지 의미 이상의 의미[즉, (의미)^2]라야 했다.

10

그렇다면, 직설과 무의식 사이에는 무슨 차이가 있는 것일까. 직설은 있는 그대로를 곧바로 말하는 화법이며, 무의식은 저쪽에 있는 불변적인 의식이 암묵적으로 드러나는 초超감각의 소여所與를 두고 하는 말이다. 직설은 거짓을 배제하고, 무의식은 임의를 배제한다. 시적 표현의 묘연妙然이 따로 있는 것이라면, 그곳에는 직설과 무의식 이외의 다른 변칙이 없다. 그때라야 시는 공기처럼 가벼워진다. 물리와 공리空理의 합리화에 물든 반응은 공연히 시 정신esprit의 예지豫知를 어질러 놓을 뿐 생동감 있는 언어의 체현으로 시인을 데려가지 못한다. 따지고 보면 시인의 언어는 존재의 빛을 따라다니는 까닭에 언제나 정화되는 것이 아니라 기화氣化된다. 시인은, 감성이 아닌 오성悟性의 예기豫期[혹은, 예지豫知]를 품에 지닌 채 말문을 연다. 호불호의 분별만큼이나 크나큰 의미의 교착交錯이 또 어디 있겠는가. 감성은 의미를 해체하지도 않고, 의미를 복구하지도 못한다. 본래는 이 감성은, 하늘이 내린 기질이었으나 (내) 마음가짐의 응용에 따라 흑이 되기도 하고 백이 되기도 했던 것. 시인은, 그러므로 감성이야말로 시적 진실의 핵심을 저해하는 가장 비속한 장애물이란 점을 깨닫지 않으면 안 된다. 그랬다. 공기의 기류와도 같이 흘러가는 상승이 그의 꿈이었으므로. 시인 박찬일의 시 「지구자리 하느님」을 다시 한번 읽어 보자(시집 『인류』 2011년, 문학의 전당);

지구가 사라지니 하느님이 올 데가 없으시다
공간이 하느님이다
하늘이 생각난다 구름이 생각난다
존재하는 것이 하느님이다
손을 쑥 넣으라
틀림없이 하느님이 거기에 계신다

어느 날 지구가 사라졌기에 하는 말이다

시인의 "하느님"은, 그런데 존재 그 자체였던 것. "하느님"은 하늘에 있지 않고 존재 안에 있었으므로. "존재하는 것이 하느님이"었으므로. 그런즉 존재와 비존재를 한꺼번에 하나로 바라보는 역비逆比 없이 어떻게 하늘을 보았다고 말할 수 있겠는가. 그것과 그것이 아닌 그것은, 그것일 뿐이다[즉, $b=\sqrt{a}$ 혹은 $(a+b)^2=a^2+2ab+b^2$]. 대긍정의 세계는 결국 '그렇게' 열리고 있었던 것이었다. ▰

시는, 형상에 갇히지 않는다
―말과 영혼

1

외계外界와 내인계內因界가 따로 있다는 생각[즉, 이분화二分化]을 내버리지 않는 한 우리는 대상에게 속수무책으로 속을 수밖에 없다. 실은 대상조차 외계에 머물러 있는 그루터기가 아니라 내 생각의 내인계 안으로 고스란히 따라붙는 장면들이 아니었던가. 달리 말해 보자. 대상[이를테면 '너']에 대한 몰인정이 적의敵意를 낳고, 미망迷妄을 낳는다. 무엇보다도 인간의 이기심을 낳았던 것이다. 우리 주위에 만연한 가당찮은 미신迷信 또한 예외일 수가 없다. 고속도로를 내더라도 큰 나무가 앞을 가로막으면 그 나무를 돌아서 길을 뚫는 법이다. 외계와 더불어 살아가는 존재론적인 세계관의 연결은 그렇게 움직이고 있었던 것이다. 세상에는 하찮은 대상이란 존재하지 않는다. 미물조차도 무한한 우주 공간의 주인이다. 인간이 느끼는 감각을 가지고 어찌 저 무한한 우주 공간의 신비를 측정할 수 있으랴. 보자. 우리가 지금 사용하는 말은 본질상 저쪽 대상들이 품고 있는 침묵의 지속성에 비해 더 확실한 의미를 띤 인지로는 보이지 않는다. 침묵이 없는 말은 말의 껍질에 불과할 따름이므로. 말이 말로써 되살아나는 까닭은 말의 배후에 있는 침묵의 받침을 통해 연결되기 때문이다. 올바른 말을 할 때 본질이 드러나고, 진리가 드러난다. 아니다. 대상과 연관된 침묵의 비호 없이는 본질도 진리도 살아날 수 없다. 본질과 진리는 대상과의 상관 속에서만 드러난다. 햇볕과 바람과 빗방울의 도움 없이는 신록이 피어오를 리 없다. 하늘에서는 형상을 이루었고 땅에서는 형체를 이루었으니 만물의 변화가 나타나게 된 것이다(재천성상 재지성형 변화 현의在天成象 在地成形 變化 見矣—『주역』「계사전상繫辭傳上」제1장). 말은 그러나 그 형상에 갇히지 않는다. 인간의 영혼이 그 형상에 갇히지 않듯이.

2

시는, 형상에 갇히지 않는다. 형상은 일순간 눈앞에 나타났다가는 다음 순간에 다시 사라져 버리는 점멸點滅일 따름이다. 딴은 현실마저도 단 한 순간의 현전現前이 아니었던가. 현전에 잠깐 붙어 있는 형상을 어찌 믿을 수 있겠는가. 그러기에 시인은 좀 더 오랜 말의 항상성 앞으로 달려나가 저와 같은 형상의 이름을 불러낸다. 말을 통하여 시인은 비로소 형상의 바깥쪽에 있는 현상을 건너다본다. 현상이 진리의 의사체擬似體였던 것. 그는 다시 한번 현상의 의피擬皮를 벗겨 낸다. 인간이 인간인 것은 저 엄연한 현상 건너편을 내다보며 살고 있기 때문이다. 성급한 말은 거짓을 낳는다. 그런즉 말은 말 자체로 현전의 사실성을 확보한 다음에라야 참된 말로 거듭난다. 그때라야 말은 유동체처럼 현상을 건너 지금까지와는 전혀 다른 새로운 형태를 만나 깊이 접촉한다. 어둠에 묻혀 있던 말이 새싹처럼 피어오른다. 그동안 참된 말로부터 분리돼 있던 인간의 정신이 새로운 동력을 얻게 되었던 것. 그랬다. 말과 정신이 갈라져 있을 때 악이 판을 주도했던 것. 악을 멀리하기 위해서라도 말을 함부로 지껄여서는 안 된다. 다시 말해 보자. 새들은 바삐 날아다니며 자기네 울음소리를 간신히 숨긴다. 새들은 아무래도 말의 형상을 믿지 않는 듯했다.

3

다시 말해 보자. 우리가 살아가는 이 세계의 참모습이란 물질[혹은, 형상]에 있는 것이 아니라 유有[즉, 삶]와 무無[즉, 죽음]의 표면장력에 이끌리던 차별을 한순간 전면적인 대긍정의 태도로 바꿔 놓는 인식의 전환과 맞물려 있음을 고백하지 않을 수 없다. 성聖은 신神의 소관에 있지 않고 인간의 소관에 있었던 것. 그것이야말로 그간 인간이 꿈꿔 온 말과 이름의 정당성을 지속해 가는 근거였던 것이다. 왜 인간의 의식인가. 의식의 근본은 깨달음이다. 깨달은 자는 그러나 말을 하지 않는다. 깨달음은 비자연적인 의식의 진행 속에서 이루어지지만, 이때는 말이 아닌 침묵의 묵언들[즉, 존재론적인 개시開示]과 접촉하기 때문이다. 시인은 어디 있는가. 그는 말을 가지고 그 깨달음 가까이 다가간다. 어느덧 그는 말을 뛰어넘기 위해 다시 말문을 연다. 말이 아닐진대 그의 말은 마침내 영혼의 초월성과 입을 맞춘다. 그는 자진해서 신神의 부역자附逆者임을 자임한 뒤 영혼을 만나게 되면 영혼과 함께 놀고, 물방울을 만나게 되면 물방울과 함께 논다. 그의 식읍食邑은 영원한 삶-영원한 죽음의 전령傳令들이었다. 그는 잔돌멩이를 밟고 길을 떠난다. 말하자면, 잔돌멩이의 일시적인 표상[즉, 부서질 수밖에 없는 형상의 의피擬皮]이 그의 엄중한 부신符信이었던 것이다. 형상을 통해 말을 하던 영혼이 비로소 형상 바깥으로 자리를 옮겨 앉는다. 침묵이 그 영혼을 감싸 안는 순간이다.

4

언어는 형상과 더불어 말을 하고, 침묵과 더불어 말문을 닫는다. 이를 지켜보던 영혼은 다음 순간에는 자기 자신이 신神의 신표信標인 양 시인의 사유를 지배한다. 영혼은 때로는 사물의 형상으로 또 때로는 시간의 지속으로 관념처럼 아무 데나 넘나들다가 원상元象의 몫[혹은, 침묵의 상태]을 시인에게 넘겨 준다. 그는 존재를 대면할 때 그 존재로부터 다가오는 불안과 편안함이 결국은 형상의 농간임을 뒤늦게 깨닫는다. 영혼 곁에 있는 시간이 사물들 형상의 무의미함과 겹쳐질 때는 편안해지고, 침묵의 내인계內因界와 겹쳐질 때는 도리어 불안해지는 연유가 거기 있었던 것. 침묵이 엉뚱하게도 침묵의 시끄러움으로 변환되는 까닭에서다. 물론 인간은 어떤 경우로든 침묵만으로 일관할 수는 없다. 시인은 영혼을 형상으로 받드는 반면, 정신적인 세계의 반사면에 드러나는 연상작용의 가설로 다시금 설명할 수밖에 없다. 시인의 시가 예언적일 수밖에 없는 것은 이 때문이다. 그는 그러니까 침묵의 시끄러움을 못 견뎌 내는 또 다른 정밀靜謐을 품고 있었으므로. 말 없는 침묵이 시인의 한결같은 수리數理[혹은, 물리현상]에 닿아 있는 시였던 것. 문제에 대한 물리 없이 시인은 어떻게 시를 쓰겠는가.

5

물질이 정신을 이끈다. 그러나 이는, 물질이 정신의 세계를 앞지른다는 뜻이 아니라 물질의 형상이 정신의 기준을 떠받치고 있다는 구조를 두고 하는 말이다. 예컨대 『주역』 ䷞ 택산함澤山咸(서른한 번째 괘. 하경의 첫 번째 괘)을 보게 되면, 산택山澤의 형상을 입은 하늘의 기운은 하늘에 있지 않고 땅으로 내려와 천지의 조화를 일궈 내는 이치를 드러냈다. 저러한 이치를 보고 『주역』은 산택통기山澤通氣의 조합이라고 불렀다. 소녀와 소남이 만나 서로 교합하는 모습이 곧 '느끼는' 것이었으므로 그를 가리켜 함괘咸卦라고 했던 것. 함咸은 자기 자신을 스스로 비우고 상대방을 받아들이는 '사랑'의 필연성과 상응하는 동작이었던 것. 함咸은 그래서 '느낌'이었던 것이다(함 감야咸 感也—함괘咸卦의 「단전象傳」). 다시 말하건대 말이란 그와 같은 형상의 모습을 규정하는 언표였던 것. 그러나 오늘날의 말은 실체의 적의適宜를 쳐다보기는커녕 형상의 구부러진 잠행만을 이리저리 되돌리며 뒤좇아가기에 급급했다. 오늘날 시인이 쓰고 있는 말들의 수사적인 형식 역시 그 같은 언어의 산란함을 꼭 빼닮았다. 말 뒤에 숨겨진 침묵의 여운이 사라져 버린 것이다. 사물들이 가벼워졌을 뿐만 아니라 진리와의 불일치가 도리어 그들 담론의 패권으로 달리 등장했다. 공기의 오염과도 같은 그들 정신의 오탁汚濁은 더 말할 나위 없다. 정신은 의식의 불꽃임에도 불구하고 그들 언어의 행보는 쓸데없는 잡념의 번안飜案을 뒤적거릴 뿐이었다. (정신은, 언어기능의 초월적인 의미 규정을 상실한 지 오래되었다.) 삶의 즐거움은, 그 삶을 짓누르는 상당량의 어려움을 바꿔 놓는 언어의 원기를 회복함으로써만 가능해진다. 시인의 말은, 그러므로 정신의 고유한 의미를 따라 새로이 움직일 때 비로소 살아난다. 그때는 또 시인이 말하는 의미의 한계와 부딪침으로써 원초적인 자연의 힘과도 다시 만나게 된다. 그런 다음 그는 천천히 자기 자신이 믿어온 지각표상의 수많은 덫을 거둬 내야 하리라. 더욱이 그 지각의 변환이 자기 자신 인식의 편견에 기인한 것이라면 더욱더.

6

시인은 누구인가. 그는, 영혼이 담긴 문장을 가지고 실체 앞으로 다가간다. 실체란 늘 논리 바깥에 있으므로 이런저런 추론형식을 밟아 가며 넘겨짚을 수 있는 그런 대상이 아니다. 실체를 만질 수 있는 유일한 통로는 자의적인 의미 공간 건너편에서 본질인 듯이 달려오는 대낮[즉, 침묵의 빛]과 더불어 동행하는 일이다. 말보다는 자연의 침묵이 그 실체 속에 더 깊이 잠겨 있으므로. 시는 언어 속에 깃들어 있는 침묵을 간추려 몸과 마음이 일러 주는 애틋한 지시물과 함께 그것들을 섞는다. 그렇게 빚어 낸 문장은 어떤 때는 물리적인 자연법칙을 충실히 따르면서도 또 어떤 때는 인간을 이해해 가는 낭만적인 영혼의 비밀스러운 상징들과 더 은밀히 접촉한다. 느낌에 따라 언어는 해체되고 그 자리에는 어느새 인식과 분리된 불가사의한 영혼의 투영만 남는다. 그렇더라도 시는 다양한 정신을 취할지라도 합리를 왜곡한다거나 정신 부재의 허령虛靈에 빠져 사실을 부정하지는 않는다. 시는 시인의 인격을 고양해 가는 문제를 가려낸 뒤 자기 자신을 바라보는 단순한 생각 이상의 침묵과 더 깊은 관련을 맺고 있기 때문이다. 대상은 그러나 여전히 불분명하고 유동적이며 삶의 비밀을 가로막는 안개 속에 파묻힌 채 그들과의 화해를 갈망하는 시인의 영혼을 훑는다. 언어가 불러일으키는 이미지만으로는 충분치 않았다. 감성과 실제 사이-꿈과 현실 사이-의미와 현상 사이-물질과 정신 사이 그곳에 머무른 시인의 영혼은 가뭇없이 흔들렸다. 허나, 그 같은 바람결 영혼일지라도 무의식적인 삶을 지탱해 가는 그의 직관을 통해 마침내는 최상의 자율성을 넘겨받고 있었던 것. 그의 직관이 말하자면 영혼의 모티브였던 셈이다.

7

하늘은 어디 있는가. 사물의 형태가 하늘을 품고 있었던 것[즉, "재천성상 재지성형在天成象 在地成形"]. 그렇더라도 하늘은 사물의 형태에 갇히지 않는다. 거꾸로 말하자면, 무제한적인 말[즉, 연상작용]이 사물의 형태 속에 하늘의 형상을 가둬 놓고 있었던 것. 그렇더라도 하늘의 형상은, 물질이 아니다. 인간의 영혼[혹은, 정신]과 사물의 형태 사이로는 더 큰 하늘의 원기元氣가 피어오르고 있었던 것. 인간은 자기 자신의 말을 통해 그 하늘의 구심력을 이해할 뿐이다. 그때부터는 인간의 인지는 사물의 형태가 일러 주는 침묵의 말을 동시에 이해하게 된다. 어느 모로 보더라도 사물들은 어느새 하늘의 원형질原形質에게 자신들의 형태를 넘겨 주는 듯했다. 인간의 영혼이라고 해서 다를 리 있겠는가. 그런 만큼 시는, 천지 운행의 조합을 노래하는 율려律呂[즉, 양률음려陽律陰呂의 리듬]라 할밖에. 몇 년 전 나는 『주역』에 연관된 시상을 가다듬으면서 다음과 같이 쓴 적이 있다; "시는 하늘과의 접촉을 전제로 하여 씌어진다. 이때 시는 돌멩이와도 같은 대상물이 된다. 왜 루브르박물관으로 가는가. 내 나름대로 〈모나리자〉에 붙어 있는 그 의미의 해석을 위해서 간다. 내 해석이 없는 〈모나리자〉는 그저 단순한 색채 덩어리일 뿐이다. 어떤 경우로든 시는 그 시를 감상하는 자의 해석을 기다린다. 시를 읽는 독자는 시의 문맥을 바라보는 것이 아니라, 그 시 문맥의 의미를 간파해가면서 시 뒤편에 서 있는 시인을 만나려고 하는 것이다. 그분들의 시각효과를 위해서 나는 아래와 같은 사족 몇 마디를 붙여 두고자 한다; 하늘은 어디 있는가. 하늘은 하늘에 있지만, 그러나 하늘은 아무 데나 있다. 작은 것은 큰 것 속으로 들어가지 않는다. 큰 것이

작은 것 속으로 들어온다. 하늘은 어디 있는가. 하늘은 땅속에도 있다. 하늘은 물질 속에도 있다. 하늘은 인간의 마음속에도 있다. 『주역』을 쳐다보면, 특히 ䷡ 뇌천대장雷天大壯[즉, 웅장함]과 ䷙ 산천대축山天大畜[즉, 축적]과 ䷍ 화천대유火天大有[즉, 형통함]와 ䷪ 택천쾌澤天夬[즉, 결단]와 ䷄ 수천수水天需[즉, 기다림]와 ䷊ 지천태地天泰[즉, 화합]를 보면, 그것들은 모두 하늘이 '낮은' 땅 혹은 '작은' 부분으로 내려온 형상들이다. 그것들은, 하늘이 스스로 자기 자신의 몸을 낮춘 것들이다. 대장大壯은 그래서 큰 것이었고, 대축大畜은 그래서 큰 것이었고, 대유大有는 그래서 큰 것이었고, 쾌夬 또한 그래서 큰 것이었고, 수需 또한 그래서 큰 것이었고, 태泰 또한 그래서 큰 것이었다. 하늘은 그렇게 땅으로 내려와서 혹은 작은 부분 속으로 파고 들어와서 그것들 대상을 더 크게 받들고 있었던 것이다. 하늘은 그래서 아름다웠다. 인간은 이때부터 그 하늘의 움직임을 본받는다. 다시 묻는다; 음양陰陽은 어디 있는가. 음은 양 속에 들어있고, 양은 음 속에 들어있다. 음이 땅으로 내려올 때는 양은 하늘로 올라간다. 양이 땅으로 내려올 때는 음은 하늘로 올라간다. 음양은 바야흐로 널빤지 위에서 널뛰기를 할 뿐이다. 음양의 길은 서로 반대편 방향으로 움직인다[즉, 반자 도지동反者 道之動—『노자』 40장]. 만일, 음양의 균형이 한 마당에서 나란히 서 있게 된다면 그 순간 천지는 죽는다. 『주역』은 결코 음양의 균형을 말하지 않는다"(필자의 「큰 것이 작은 것 속으로 들어온다」 중에서. 『시문학』 2018년 10월호, 통권 567호). 그렇건만 하늘은 여전히 침묵하는 형상을 보여 줄 뿐이다.

시인은 누구인가. 그는 말 건너편에 있는 말(불가에서는 이를 간화
看話라고 말한다)을 붙잡는 사람이다. 간화看話는, 간화懇話를 두고 하
는 말이다. 간화懇話란 '간절한' 말이다. 시인은, '간절한' 말이 아닐
때는 입을 다문다. 그것을 우리는 달리 침묵이라고 말한다. 침묵은
영혼의 표정이다. 시인은 영혼의 음영陰影[즉, 자기 극복의 대응력]
을 쳐다보며 시를 쓴다. 비존재에 능한 언어일지라도 그 같은 언어
는 진리의 외곽으로 떠도는 행보일 뿐 진리 그 자체에 대한 정당화
의 가치를 끝없이 지켜갈 수는 없다. 언어는 추론에 의한 기표의 산
물일 뿐이다. 비트겐슈타인Ludwig Wittgenstein 1895년~1951년은 언어
야말로 자가당착의 의미에 포함된 월권이라는 점을 뼈저리게 느끼
고 있었던 것(『확실성에 대하여』). 니체F.Nietzsche 1844년~1900년는
그러기에 주관적인 인식을 객관적인 척도[즉, 힘에의 의지]로 재구
성해 놓았던 것. '지금'이 '초월'이라는 말은, 그와 같은 극복의 의
지를 통해 성립됐던 것이다(『도덕의 계보』). 니체의 '나'는, 혹은 객
관과의 연관에 따른 '위버멘쉬'는 개인주의적인 도덕과는 무관했
다. 그것은, 요컨대 존재의 '가치 체현'valuation을 두고 하는 말이었
던 것. 초월은 『주역』에서 말하는바 바르게 해서 길하다는 '정길貞
吉' 혹은 거한 자리가 가운데 있다는 '거위중居位中'이라는 영혼의 정
합整合을 빠뜨리지 않고 내보이고 있었던 것. 『주역』은 물체object가
아닌 정신의 기표를 말하고 있었던 것. 기독교에서 말하는 '사랑'의
선별 역시 따지고 보면 개인주의의 자기모순을 깨뜨리는 인식체계

라 할밖에. 종교가 그렇듯이-학문이 그렇듯이-예술이 그렇듯이 삶의 변화를 정당화해 가는 판단은 오로지 인식론적인 창조 활동[즉, 진리에 관한 객관적 현상]에 있지 않았던가. 니체가 바라보는 초인 역시 인간의 몸과 정신을 둘로 쪼갤 수 없는 이른바 영혼의 비非분리성을 강조한 인간의 본질을 두고 하는 말이었던 것. 그는, 기독교가 말하는 '무조건적인' 혹은 '선험적인' 박애의 정신을 말하지 않았다. 물어보자. 시는 무엇을 말해야 하는가. 시는 실제의 실재성에 대한 의미영역을 탐색한다. 그것은 단순한 피안의 의식체계가 아니다. 실재란 삶을 삶으로 받아들이고, 죽음을 죽음으로 받아들이는 주관성의 확대 이외에 다른 말이 아니었던 것. 그런 점에서 본다면, 시는 전통적인 가치관의 전복顚覆이라야 했다.

9

물론 몸은 소중한 것이다. 몸은 행동(의식으로 떠도는 영혼의 모상模像이므로)의 바탕이기 때문이다. 육체와 정신은 분리될 수 없다. 도리어 이렇게 말해야 하리라; 몸은 불변하는 영혼보다 훨씬 중요하다. 몸은 영혼을 대신해서 존재의 무구함을 복원해 갈 뿐 아니라 존재의 무능함을 동시에 보완해 나가기 때문이다. 몸 이외에는 달리 아무것도 확정된 것이 없다. 몸 자체가 이미 살아 있는 삶의 방식이 아닌가. 허나, 인생의 문제를 아우르는 가장 진지한 태도는 몸에 기인한다기보다는 의식의 진행 속도를 따라가는 주관성의 관점에 있음은 너무나 당연한 일이다. 그렇더라도 관점이 변할 때는 몸이 먼저 말한다. 삶을 북돋는 것도 몸이며, 삶을 방해하는 것도 몸이다. 그 대신 인간의 의식은 신체의 물리적인 한계를 뛰어넘는다. 인간의 앎[즉, 객관적인 인식]은, 그러나 여전히 불가지론의 함정에 휩쓸릴 때가 한두 번이 아니다. 극히 제한된 인간의 의식[혹은, 행동]일지라도 그 의식은 풀잎의 흔들림이 그렇듯이 우리네 영혼의 기표記標가 아닌가.

10

시는, 간단히 말해 자연·우주·인생의 실재성에 대한 근본적인 갈망일 뿐 아니라 그들 색조와 더불어 흘러넘치는 정신화의 유액乳液에 대한 비현실적인 변주를 드러낸다. 다음 순간에는 시인의 경외감이 그 비현실을 씻는다. 이 모양을 가리켜 우리는 영혼의 생태적인 구조[혹은, 조화]라고 부른다. 이때는 오색영롱한 무지개가 하늘에 떠 있지 않고 시인 자신의 정열-무의식-초감각 속에 잠겨 있다. 시인은 그렇더라도 방탕에 빠져들지 않는다. 그런즉 그는 사물과의 교감 하나로도 충분했다. 시인이 펼쳐 놓는 말은 우주 현상의 자율적인 맥박을 짚고 있는 까닭에 온갖 대상들과 함께 대화를 나눔으로써 더욱 찰지게 되고 또 때로는 깊은 침묵에도 휩싸이게 된다. 수많은 사상事象에 대한 자연스러운 접촉이 그의 꿈을 나타내 보이기에 흡족한 아르케arche[즉, 근본원리]를 제공했다. 진리의 편재遍在[즉, 말과 영혼의 명증함]는 아무 데서나 일어났다. 시인은 사람들에게 이렇게 말한다; "시는 진리에 대한 포용 이외에 다른 아무 말도 하지 않는다".

왜 그런가. 진리는 인지적인 개념이 아니면서도 여전히 인지적일 수밖에 없기 때문이다. ■

말은 좀 더 단순해져야 한다
—물질과 정신의 상응

1

시간도 공간도 움직이지 않는다. 허나, 이는 거짓이다. 현전現前이 있지 않은가. 정방폭포의 물줄기가 쏟아지고 있지 않은가. 벌레가 움직이고, 허공마저도 움직이고 있지 않은가. 하늘과 바람과 햇볕이 움직이지 않는다면, 풀은 어떻게 자라나고-돼지는 어떻게 커나가고-성정은 또 어떻게 내 마음속으로 들어와 적막한 경계로 물들어 있겠는가. 이것들 실상의 곡면曲面을 조금만 더 깊이 들여다보면 이때부터 나는 내가 아니라는 사실을 깨닫게 된다. 이 움직임의 반복을 노자老子 BC 579년경~BC 499경는 무위이무불위無爲而無不爲의 고요함이라고 말했던 것(『노자』 37장). 이것이, 말하자면 아무런 기준도 없이 움직이는 사물의 존재형식이었던 것이다. 사물은 사물로서 이야기할 뿐 여러 말을 하지 않는다. 사물은 말과는 달리 사물로서 있어야 할 곳에만 존재하기 때문이다. 사물에게는 '이것'과 '저것'이 없고, '지금'과 '나중'이 없고, 규칙이나 도리 따위도 없다. 사과를 그린 그림을 보라. 그것은 사과가 아니다. 사물에게는 체용體用[즉, 본체와 쓰임]만이 있을 뿐이다. 이것이, 이른바 심성의 표상[즉, 언어:그림자]을 뛰어넘은 사실의 영역이었던 것이다. 보자. 표상을 쫓는 시의 한계가 여기에 있었던 것. 본질은 상象하고는 아무런 관련이 없다. 본질이 상象에 머물러 있는 이상 그것은 비본래적인 삶의 표현 형식일 뿐이다. 그것은 이미 본질로서의 자증력自證力을 벗어난 것이었으므로. 시는, 시인이 말을 버릴 때 (저쪽에서-이쪽으로) 물질로 건너온다. 존재란 개물開物이었다. 말은, 그다음에 움직인다. 말은, 그 존재[즉, 대상이 있는 자리]와의 관계를 인지하는 지각이었으므로. 말[즉, 의미화]이 조금 모자라면 또 어떤가.

2

말이 존재를 앞지르면 망상에 빠진다. 착각도 위험하지만, 망상은 더 위험하다. 현실을 보고 그 현실 속에서 살아가는 보편적 세계관을 등지고 있기 때문이다. 사물은 의미가 아니다. 사물의 의미를 따라가다가 보면 누구든지 물신物神[즉, 우상숭배]에 사로잡힌다. 내가 믿는 신神은, 신神의 존재와는 아무런 상관도 없다. 왜냐하면, 그동안 나는 신神을 향한 내 믿음을 절대화해 놓았기 때문이다. 신神의 무한함을 내 생각으로 붙잡을 수는 없다(『신약』「로마서」 11:33).

신神은 의미의 대상[즉, 형상화]이 아니기 때문이다. 물어보자. 나는 누구인가. 그러나 나는, 내 자신이 누구인지 무엇인지조차 알 수가 없지 않은가. 내가 내 자신을 알아낼 수 있는 어떤 부분이 있다면, 그것은 내가 내 자신을 알아보는 자아의식 그것 하나가 있을 뿐이다. 그 같은 자아의식을 건너 먼 바깥을 다시 또 내다보게 되면, 그때 비로소 인생의 일상적인 정황[즉, 세계]이 내 몸 가까이 붙어 있음을 느끼게 된다. 사물 반대편으로는 아직 형태를 갖추지 않은 또 다른 어떤 초자연적인 연관이 흘러넘치고 있을지라도. 그럴지라도 사물과 정신의 간격은 이미 감각적인 초월의 범위 안에 들어와 있지 않았던가. 요컨대 사물은, 존재의 의미[즉, 사실: 사실은 물질적인 대상물일 뿐만 아니라 우리네 감각을 훨씬 뛰어넘는 순수지각의 대상이기도 하다. 그 순수지각의 대상을 우리는 간단히 초월이라고 부른다]를 내포하고 있었으므로. 우리는 사물을 알지 못하고, 다만 사실을 알 뿐이다. 존재의 의미는, 그 사실을 이해한다는 뜻이다. 그랬다. 시인이 시를 쓴다는 것은, 바로 그 의미를 탐색해 내는 일이었던 것.

3

형이하의 물질[즉, 현상]과 형이상의 염원[즉, 정신의 빛]은 그렇게도 멀고 또 그렇게도 가까운 것이었다. 말하자면, 우리는 그 둘의 관련을 은유·유비類比를 통해 지각한다. 은유는 눈으로 인지해 낸 부분과 정신으로 인지해 낸 부분 사이를 오락가락하면서 사실의 고유

속성을 존재와 언어라는 이원론적인 사유체계의 결합 위에 펼쳐 놓는다. 은유·유비의 자생력을 통해 물질은 스스럼없이 정신의 빛으로 고양되었던 것. 사물 바깥으로 떠돌던 말들이 은유·유비의 재충전 궤도로 접어들면서 수많은 의미를 만들어 냈던 것. 그 같은 의미는, 물질과 정신-감각과 초월-생각과 언어라는 이분화二分化의 모델 위에 뿌리를 내린 우회로의 접근법이었던 것. 그동안 우리가 만나고 있던 대상은, 실체가 아닌 은유·유비의 결속이거나 여러 겹 비유의 확장에 붙어 다니는 자태들[즉, 이미지=불확실한 의미]이었다. 이미지는 사실성의 투영projection인 동시에 그것은 또 우리네 정신의 불꽃을 밝혀 내기 위한 형이상적인 취의趣意를 함께 아우른다. 그렇기는 해도 그러나 대부분의 이미지는 (시인의) 영혼을 일깨우기는커녕 과장된 은유·유비의 도면 속에 그동안 자명했던 사실들의 표정까지도 함부로 파묻는다. 보라. 정신-현상은 어떤 경우에도 어둠 속에 잠기는 법이 없다. 정신-현상은 무너지지 않는 대낮의 시간으로 굴절되는 물질의 빛이었으므로. 정신-현상의 세계는 언제든지 우주 공간의 유체流體로 흘러 다니는 섬광인 만큼 언어체계의 법칙을 훨씬 뛰어넘는 진리 출현의 몽상으로 거듭거듭 해석될 뿐이었다. 그랬다. 사실성의 틀은 둘이 아닌 하나였던 것. 그동안은 은유·유비의 순행 역시 그 같은 사실성의 틀 안에서 의미의 유의의성有意義性을 넓혀갈 기회를 찾고 있었던 것이었다. 그런즉 말은 좀 더 단순해져야 했다. 이를 가리켜 공자孔子 BC 551년~BC 479년는 (제자 자하子夏와의 문답에서) 회사후소繪事後素라고 말했던 것(『논어』「팔일八佾」). 인간이 지켜 가야 할 예악禮樂은 그다음에 따라오는 것이었다. 하물며 시적 감응에 있어서랴. 예禮를 품지 않은 말은, 결단코 시가 될 수 없다.

4

시인의 시는, 잃어버린 시간을 찾기 위해 우주론적 언어공간의 범주를 넘나들지라도 단 한 순간의 예禮를 빠뜨리게 되면 즉시 난잡으로 굴러떨어진다. 잃어버린 것은, 시간이 아니라 예禮였던 것. 시간은 행동을 불러내고, 행동은 예禮를 불러낸다. 예악禮樂이란 대체 무엇을 두고 하는 말인가. "예악은 잠시라도 몸을 비켜갈 수 없다. 음악을 깊이 습득해 생각을 다스리게 되면, 곧고 믿음직한 마음이 저절로 솟아나온다 (…) 그러한 마음으로 하늘을 섬기게 되면, 신神에게 통하지 않을 수도 없게 된다. 마음이 하늘에 닿게 되면 말하지 않고도 남의 신임을 얻을 수 있고, 마음이 신神에게 통하게 되면 노하지 않고도 위엄을 갖출 수 있다. 이러한 사람이 곧 음악을 통해 자기 자신의 마음을 다스리는 자다"(예악 불가사수거신 치악이치심 즉이직자양지심 유연생의 (…) 천즉신 천즉불언이신 신즉불노이위 치악이치심자야禮樂 不可斯須去身 致樂以治心 則易直子諒之心 油然生矣 (…) 天則神 天則不言而信 神則不怒而威 致樂以治心者也—『예기』「제의祭義」 제24편). 따라서 군자는 말을 아끼고, 소인은 말을 앞세운다(고 군자 약언 소인 선언故 君子 約言 小人 先言—『예기』「방기坊記」 제30편). 시인의 생각은, 그러므로 형체가 없는 예禮-소리가 없는 음악의 가치를 드러내는 간략한 규격을 따를 수밖에. 시인은 울더라도 조금만 울면 된다. 그는 밥을 적게 먹는다.

5

허나, 예禮마저도 이데올로기의 고리로 묶이게 되면 진리의 현상
으로 남기는커녕 일시적인 감각의 장식으로 변질돼 버린다. 예禮
는, 예禮로서의 사실을 동반한 확인일 뿐 인위적인 의미의 강압으
로 나타나는 것이 아니기 때문이다. 예禮는, 곧 자연의 속성[즉, 시
공간상의 본체: 덕성의 작용]을 따라 움직인다. 이를테면, 바람이
불고 물이 흘러가는 움직임이 또한 그 같은 묘용妙用이 아닌가. 사
람의 마음은 여전히 그 자연의 이치를 따른다. 물질과 정신의 상응
[즉, 격물의 활연豁然]은 그렇게 움직이고 있었던 것. 물질과 정신,
사물과 기질, 경건과 격물, 실재와 관념, 궁극과 현실의 간격은 언
제나 어디서나 동일한 존재형식의 성립근거를 갖춘 것들이었다. 실
물[즉, 물리]과 내 마음속 지각의 선이해先理解는 두 겹이 아닌 단 한
겹의 인지영역이었던 것. 물론 내 마음속에 깃든 본래의 내 마음을
지켜 내기란 그리 쉬운 일이 아니다. 내 마음을 알게 된 뒤에라야
비로소 내 마음을 지킬 수 있기 때문이다. 지각은 곧 물질과의 상응
이었다. 신神과의 감응 또한 그곳에 있었던 것. 이것은, 또 달리 말
하자면 정신의 정밀靜謐함일 것이다. 공자는 그래서 "어진 사람은
근심이 없다"고 말했던 것(인자무우仁者無憂─『논어』「자한子罕」). 내
마음은 실물의 개현開現 앞에서만 내 마음으로 정립된다. 정신은 물
질화의 상응 없이는 단번에 지각작용의 표상으로 건너갈 수 없기

때문이다.

6

한마디로 말하자면, 인간의 지각하는 마음 그것이 형상이 없는 신응神
應의 움직임을 바르게 쳐다볼 수 있다는 것이었다. 이는, 불가에서 말
하는 불성佛性·견성見性의 실현과도 상응되는 말이다. 허나, 저와 같은
마음의 본체[혹은, 인심-천심의 합일]를 떠난 내 자신의 정의情意·자의
恣意에만 머물게 되면 초자연의 대상은커녕 터무니없는 세계관의 날
조에나 발목을 잡힐 뿐이다. 생각해 보라. 시인은 그런데 지금 눈으로
볼 수도 없고, 손으로 만질 수도 없는 비물질적인 대상의 궁극窮極을
찾아내기 위해 말문을 열고 있지 않은가. 그렇더라도 그의 궁극은 현
실적인 세계인식의 대상들과 맞물려 있는 상상력이 아닌가. 물론 그
의 상상력은 제멋대로 지어낸 자기주장의 허튼 유추작용일 수는 없
다. 누구보다도 그 자신이 동의할 수밖에 없는 명제[즉, 인식론인 물
리적 대상]라야 했다(단순한 물질주의자로서의 편견이 아니다). 유명
론nominalism에 따른다면, 현상에 대한 인간의 모든 인지작용은 일순
간의 공허한 허명에 불과한 것들이었다(『금강경金剛經』). 시인의 인지
력은, 사실의 이름을 단순화하는 추상개념을 따르지는 않는다. 그는,
실재성의 의미를 떠나서는 아무 말도 하지 않기 때문이다. 그의 마음
으로 붙잡은 사물은 공리空理가 아닌 실리實理의 체득에 있었으므로.
삶의 의미는 결코 생멸의 경계를 뛰어넘는 공리에 있지 않았다. 사람
의 마음이 지평선이었던 것. 그랬다. 사람의 마음속에 불성佛性·견성見

性이 들어 있었던 것이다. 시인은, 그러나 그와 같은 불음佛音이 아닌 불음과 함께 떠도는 (내) 마음속 파문을 가려내기 위해 시를 쓴다.

7

앞장에서 나는, 불음과 함께 떠도는 내 마음속 파문에 대한 자각을 이야기했다. 이는, 대상의 자기화에 대한 정신의 이해 과정[즉, 존재의 개시성開示性]을 두고 하는 말이다. 가령, 담장에 피어 있는 장미 한 송이를 보았다고 치자. 무심히 지나쳐 버리면 모르되 붉은 장미 한 송이를 눈여겨보는 순간, 나는 벌써 장미 한 송이로 변해 버린다(이 말은, 의인화擬人化를 염두에 두고 한 말이다). 장미 한 송이가 별안간 내 앞으로 다가와 내 자신에 대한 자각을 갈무리해 놓고 있었던 것이다. 장미 한 송이의 의미는 장미꽃의 형태를 떠난 뒤 존재 전환의 또 다른 정황으로 바뀌게 되었던 것. 어떤 존재든 어떤 사건이든 어떤 경험이든 의미의 전이는 수시로 일어나고 또 수시로 변형된다. 인간의 정신은 의미의 진행에 따라 어떤 부분은 환상이 되고, 어떤 부분은 또 다른 실체와의 접촉에 의한 존재 기제機制의 소이연所以然으로 돌아간다. 사물과 사실은 물체와 현상의 소이연으로 그렇게 존재해 온 표면들이었다. 물론 진리와 초월성의 연관에 대한 재이해再理解 방향은 저와 같은 사물-사실의 영역화 과정을 따르지는 않는다. 초월은 애당초 현존재 정황의 본래면목이었으므로. 그렇다면 본질은 어디 있겠는가. 굳이 말한다면, 소이연의 근거를 우리는 본질[즉, 천명天命. 하이데거M.Heidegger 1889년~1976년의 용어로 말하자면, 존재의 유의의성有意義性―『존재와 시간』]이라고 말할 수 있으리라. 사물과의 연관을 쫓아가다가 보면 마침내 그곳에서 천명의 규칙을 만날 수 있지 않겠는가. 물어보자. 시는, 대체 무엇이란 말인가. 그것은 존재론적 현전작용의 투명한 각인刻印이 아니었던가.

8

존재론적 근거[즉, 마음의 본성]를 찾아가는 시인이라면, 그는 어차피 재가在家와는 인연이 없는 건달이 아닐는지 모른다. 그럴 것이다. 그는 돌 한 덩어리 풀 한 포기에도 초자연적 힘을 실어 주는 물신 숭배론자이기 때문이다. 그는 푸른 하늘, 깊은 물, 어둔 공간, 굳은 바위, 티끌과 바람, 동쪽과 서쪽, 하나와 만무萬無, 범부와 성인, 청결과 오염, 찰나刹那와 영원, 전체와 부분 (…) 인생과 축생과 천체의 운행이 모두 서로 닿아 있다는 것을 안다. 이 점을, 의상義湘 625년~702년은 "구세와 십세가 서로 맞물려 있다"고 말했다(구세십세 호상즉九世十世 互相即―『법성계法性偈』). 그런즉 우리는 이제 어디로 가야 한단 말인가. 사물이 사물이 아니라면, 무엇 하러 사물 가까이 다가간단 말인가. 그동안 형상을 쫓아 달려온 시인의 운명은 여기에서 꺾인다. 실은, 그렇지도 않았다. 물물마다 저절로 채워진 당연함이 있는 한, 그는 그 당연함의 여백에 묻어 있는 슬픔의 공간을 잊을 수가 없기 때문이다. 그가 찾는 본체는 바로 그 같은 슬픔의 공간이었던 것. 슬퍼한 다음에라야 비로소 슬픔이 사라진다. '이것'과 '저것'이 하나가 되려면, '이것'과 '저것' 사이에 가로놓인 공간을 치워 내야 한다. 그러기 위해서 시인은 지금 한껏 슬픔을 품고 살고 있지 않은가. 이 때는 사물의 의미조차 의미가 아닌 무의미의 영역으로 자연스럽게 무르녹는다. 시는, 돌 한 덩어리-풀 한 포기-별 무리 한 폭의 밑그림 이 아닌가.

9

말이란 무엇인가. 말은, 신神이요-재계齋戒요-경건敬虔이다. 일찍이 소월金素月 1902년~1934년은 그 말을 지목하며, "부르다가 내가 죽을 이름"이라고 말했다(「초혼招魂」). 그러기에 신神과 재계齋戒와 경건敬 虔은 입을 벌려 말을 하지 않는다. 하늘이 요요寥寥한 것은 그 때문이 다. 하늘은 순한 백성들처럼 편안한 질서를 위해 입을 다물고 있었 던 것이다. 궁극과 실태의 과정을 알게 되면, 굳이 입을 벌리고 말할 필요도 없다. 그러나 시인은 나뭇잎을 흔들고 지나가는 바람의 끝자 락에 앉아 홀로 말문을 연다. 말이란, 요컨대 존재의 후행後行이 아 니라 존재의 한계를 뛰어넘는 정리定理로 이해되어야 한다. 말은, 존 재의 빛이었으므로. 이 결의가 없이는 내 자신의 정위定位는 그렇다 치고 광활한 우주의 무한함을 어찌 제대로 이해할 수 있겠는가. 그 런 점에서 본다면, 존재의 빛은 개념이 아닌 먼 우주의 무한함과 관 련을 맺은 직관력의 소이所以였던 것이다. 직관은, 그러므로 다른 의 식에 기대지 않고 존재의 빛과 함께 떠오르는 깨달음의 형식으로서 만 이야기할 뿐이다. 그런즉 또 다른 의식 전부를 합친다고 해도 이 직관의 영험靈驗을 능가할 수는 없다. 꽃이 빛나고, 별이 빛나고, 생각이 빛나는 것은 바로 이 직관의 움직임 때문이다. 하나와 둘과 셋과 만만萬萬이 빛나는 것도 이 직관의 유연함 때문이다. 지근至近이 무한함이었던 것. 실물이 무한함의 제스처였던 것.

10

물질 없는 정신은 움직이지 않는다. 거꾸로 말해 보자. 인간의 정신은 하늘과 땅의 연결고리[즉, 하늘과 땅의 움직임]를 쳐다보면서 존재의 의미를 터득한다. 가령, 『주역』의 풍뢰익괘風雷益卦 ䷩(마흔두 번째 괘)는 위에 있는 하늘[즉, 건乾 ☰]이 바람[즉, 손巽 ☴]으로 바뀌고, 아래에 있는 땅[즉, 곤坤 ☷]이 우레[즉, 뇌雷 ☳]로 바뀌는 모습을 쳐다보며 이렇게 말한다; "위쪽 (하늘)을 덜어내서 아래쪽(땅)에 보태 줌이니 (…) 하늘이 (씨앗을) 덜어 주면[즉, 손損] 땅은 (그 씨앗을 받아) 길러 냄으로써[즉, 익益] 그 유익함은 끝이 없게 되었다"(손상익하 (…) 천시지생 기익무방損上益下 (…) 天施地生 其益无方—익괘益卦 「단사彖辭」)). "군자는 (그 우레와도 같이) 선한 것을 보면 즉시 옮기고, 허물을 짓게 되면 (그 바람과도 같이) 즉시 날려 보낸다"(군자 이 견선즉천 유과즉개君子 以 見善則遷 有過則改—익괘益卦 「상사象辭」). 하늘은 바람으로 몸을 바꾸기도 하고, 땅은 우레로 몸을 바꾸기도 한다. 요컨대 물질과 정신의 상응이 또한 그렇게 움직이고 있었던 것이다. 달리 말하자면, 하늘과 땅-빛과 어둠-존재와 무無-양陽과 음陰-성聖과 속俗-전체와 부분-본질과 현상의 교질交迭은 어느 한쪽이 줄어들게 되면 반대편 한쪽이 불어나게 되는 이른바 손익損益의 어울림으로 (그렇게) 움직이고 있었던 것이다. 그것이, 노자가 말하는 무위자연無爲自然의 이치로 돌아가는 정신의 발현[즉, 도道]이었던 것. 우리네 삶의 의미[혹은, 욕망] 또한 저와 같은 원리를 좇아 움직이고 있지 않았던가. 물어보자. 무엇을 덜어 내고, 또 무엇을 보태야 할 것인가. 고결한 정신을 내팽개치고 쓸데없는 명예, 권력, 돈, 지위, 향락을 따라다니며 내 인격·영혼을 팔아넘기고 있지 않았던가. 이제는, 본질과 비본질의 절차가 어디서-어떻게 갈라지는가를 심각하게 쳐다볼 일이다. 사람은 본래 외로운 존재다. 풍뢰익風雷益의 초구初九 효사爻辭는 이렇게 말한다; "큰일을 행하게 되면 크게 길할 것이며, 당연히 허물도 없어지리라"(이용위대작 원길 무구利用爲大作 元吉 无咎). 그 같은 '큰일'이란 내 자신의 평상심[즉, 깨끗한 마음]을 두고 하는 말이다. 시는, 깨끗한 마음을 밟고 온다. ■

변화를 찾아가는 여정이라면 모르되

—사물과 시간

1

시는, 뜻을 말한다(시언지詩言志—『서경書經』). 이 경우의 뜻은, 개념·의미·의식의 베일을 뒤집어쓴 무제한적인 생각을 두고 하는 말이다. 게다가 그 생각이 은유와 섞이거나 (시인의) 욕망에 휩쓸리게 되면 그동안 티 없이 순수했던 뜻의 본연은 사라지고 얼토당토않은 비사실의 제안들만 넘쳐나게 된다. 시인이, 직감의 청심淸心을 따르는 것은 이 때문이다. 직감은 초월의 표면이었으므로. 시의 기표를 중요시해 온 까닭은 여기에 있다. 기표의 염정성恬靜性으로 몇 발짝만 깊이 들어가 보면 그곳에는 신神의 음성을 빼닮은 표상들이 나부낀다. 한탄강 바위너설의 주상절리와도 같은. 북한산 이마에 걸려 있는 흰 구름과도 같은. 물어보자. 시인은, 그동안 신명神明의 의식[즉, 의미와 실체의 연관]을 어디에 놓아두고 왔단 말인가. 의식은, 사물의 반면反面 거울이었다. 보자. 새들이 하늘 높이 날아올랐다. 때마침 시간은 바람의 등짝에 붙어 나뭇잎인 양 또 그렇게 흔들렸다. 초점은 불안정했지만, 내 주관과 객관과의 만남은 한 번도 어긋난 적이 없다. 내 의식은, 새들과 바람과 시간의 귀환과 함께 비로소 정당화됐다. 순간, 탈脫주체의 대상들이 한꺼번에 내 의식 앞으로 밀려들어 왔다. 존재의 개현開顯을 체감하는 데는 이 관계의 정립이 필수였던 것. 이때는 인식과 사상事象의 통합이 이루어지는 순간이다. 이를, 상징으로 치부해서는 안 된다. 실인즉 우리는, "나는[즉, 주체는] 진리다"(『신약』 「요한복음」 14:6)는 말과, "나는 없다"(『금강경金剛經』) 는 말에 너무도 오래 익숙해져 오지 않았던가.

2

주체가 있든 없든 그리고 그 주체가 진리이든 아니든 그것이 문제가 아니라, 그 같은 언명을 통해 얻을 수 있는 분별 하나는 "나는 내 자신에 대해 아무것도 할 말이 없다"는 점이 그것이다. 그렇다면, 우리네 인식의 표상들은 모두 거짓이란 말인가. 그렇지 않다. 모든 지각이 독백이 아닌 이상 우리네 정신에 붙어 있는 감각은 눈 한번 깜빡일 때마다 의사소통의 실제상황으로 더욱 공고히 드러나고 있지 않았던가. 실체와 언표[즉, 의미화] 사이에 낀 간격은 그리 먼 것도 아니다. 엄밀히 말하자면, 그곳에 쏟아 놓은 제안은 그러니까 시인의 사유에만 머문 어휘가 아니라 시간이 데려다 놓은 좀 더 근원적인 존재소素와의 만남과도 깊숙이 연결된 기호들이었다. 상상의 끈을 놓지 않았던 시인의 언급은, 그런데 그것은 그의 언급만이 아닌 그 자리에 있던 또 다른 현전現前과의 합일이었던 것. 우리는 그것을 신神의 제안[혹은, 무無의 투명성]이라고 달리 불러도 좋으리라. 그와 같은 인식은, 물론 시인이 생래적으로 품고 있었던 순수 결정結晶의 복합물일 수도 있다. 그것을 허무라고 부르면 어떻고, 성리性理라고 이름 지으면 또 어떤가. 지각에 의한 표상이든 표상이 아닌 다른 외물에 대한 어떤 경험이든 그것들은 모두 비예측적非豫測的인 기억의 변증법임에 분명하다. 허나, 이 변증이 계속되는 한 시는 혼란에 휩싸인다. 이제부터는 시인은 의식의 여가餘暇를 되찾기 위해 좀 더 먼 길을 떠나야 하리라. 의식의 여가라니. 그것은, 언어의 내밀한 의미가 어떤 예단豫斷과 어떤 연관을 맺느냐 하는 그런 천착穿鑿의 문제였던 것. 의상義湘 625년~702년은 이렇게 말했다; "복잡한 생각 속에 뒤섞이지 말고 (네) 마음가짐을 별개로 단순화시켜라"(잉불잡란 격별성仍不雜亂 隔別成—『법성게法性偈』). 그것은 본연의 문제였던 것. 그랬다. 나는, 내 마음을 버릴 때 내가 누구인가를 묻지 않는다.

3

극단은 없다. 동기부여를 해 주기만 하면, (동기부여를 해 줄 것도 없이) 평상심은 그렇게 움직였다[즉, 시방에 항상 계신 깨끗함이 그것인바(무애자재無碍自在—『천수경千手經』)]. 날벌레들이 그렇게 춤을 추었고, 오늘 광명역 KTX 열차도 제시간에 그렇게 출발했다. 보자.

침목 사이에 깔려 있는 자갈들도 그렇게 자리보전하고 있지 않은가. 말 없는 다른 표정들도 본질적으로는 침묵 그 자체와 나란히 겹친 우주 비밀의 투영投影이라 할밖에. 그 같은 투영은 문맥에도 묻어 있는 것. 허나 표현이 우선시되면, 문맥은 필경 환상의 불안정성에 파묻혀 버리거나 비존재의 허구로 굴절돼 버리고 만다. 대상과의 연관이 없는 상징이 위험한 것은 이 때문이다. 어떤 의미 형성의 반복일지라도 문맥은, 그 문맥을 작성한 자의 정신적인 의미지향의 입김을 피할 수는 없다. 말은, 복선複線으로 연결된 것 같지만 그 말의 내면적인 편광偏光과 무관할 수 없기 때문이다. 생각해 보라. 시인은 언제부터 시인이란 말인가. 시인은 무엇을 말해야 하고, 또 무엇을 말해서는 안 되는가를 잘 알게 되는 순간 그때부터 시인인 것이다. 그는, 군자君子일 필요는 없다. 내 몸 가까운 곳에 있는 촉지觸地에게 다가가 고요히 말을 건네주기만 하면 그것으로도 족하다. 다른 말은 중요하지 않았다. 천지가 그의 말을 알아듣기 때문이다. 만물은 완전한 몸이기에 뒤로 물러나는 법이 없다. 시인은, 무얼 완성하겠다고 욕심내서는 안 된다. 초월은 늘 그의 곁에 있다. 그런 다음 변화를 찾아가는 여정이라면 모르되.

4

『주역』은 엇박자[즉, 뫼비우스A.F.Möbius 1790년~1868년의 띠. 하도河圖:태극 도太極圖: 순順과 역逆]를 말한다. 먼 데 있는 것을 끌어들이고[즉, 이것을 감응感應이라고 한다], 가까이 있는 것을 내친다[즉, 이것을 비견겁재比肩劫災라고 한다]. 그런가 하면, 그것들의 반대도 있다. 대대성待對性이란 이를 두고 하는 말이다. 멀고도 가깝고, 가깝고도 먼 것이 성립되는 소이연所以然이 여기에 있다. 달면 삼키고 쓰면 내뱉는 것이 아니라, 쓰면 삼키고 달면 내뱉는 일이 다반사일 수도 있다. 고체⇋액체⇋기체의 순차/역순이 있는가 하면, 드라이아이스와도같이 고체→기체로 단번에 건너가는 생략도 있다. 여명과 일몰처럼 환하지도 캄캄하지도 않은 어스름이 있지 않은가. 조화balance가 있는가 하면 소외be alienated가 있고(가령, 자연재해의 저주를 보라), 타락이 있는가 하면 구원이 있고, 증오가 있는가 하면 사랑이 있다. 관계로 따지자면, 하나님⇋인간, 인간⇋인간, 인간⇋자연[혹은, 물질]에 연관된 3원元구조(기독교의 「주기도문」, 「십계명」)가 어디로 가 버리고, 오늘날에 와서는 저와 같은 하나님과 인간의 관계―인간과 인간의 관계―인간과 자연의 관계 그 바탕까지도 흔들리는 위기를 맞게 되었다. 인류는 얼마나 더 오래 지속될 것인가. 비관적일 수밖에. 퇴계退溪(이황李滉 1501년~1570년)와 슐라이어마허Schleirmacher 1768년~1834년가 그토록 간절히 말했던 경건을 되찾지 않는 한 인류의 장래는 없다. 왜 경건인가. 그것은 인간의 인지력을 내가 앞에서 이야기한 3원구조의 사고유형[즉, '국부적인 단체單體'localized simplex]으로 되돌려 놓는 자각이라 할밖에. 달리 말하자면, 그것은 이분화二分化의 대칭구조[즉, '하나와 많음'One and Many]를 재빨리 벗어던지는 길이기도 하다. 예컨대 외부 논리의 네 가지형식인 '연역Deduction' '귀납Induction' '변증Dialectic' '역설Paradox'

에 현혹될 일이 아니다. 요컨대 어떤 논지가 강해지거나 복잡해지면, (시인은) 독단에 빠지거나 쓸데없는 미혹에 시달리게 된다[즉, 연역의 경우]. 그리고 각기 다른 내용을 한꺼번에 통합하려고 한다면, 그때의 의미는 결국 산만해지기 마련이다[즉, 귀납의 경우]. 그리고 한 언명을 가지고 두 의견을 종합하려고 한다면, 자칫 혼미함에 휩쓸리고 만다[즉, 변증의 경우]. 또한 이것도 저것도 아닌 두 명제를 맞대 놓으면, 이때는 기왕에 염두에 둔 본래의 의미마저 놓쳐버릴 위험성이 있다. 긍정과 부정을 한 자리에 놓아둠으로 해서 말의 품위를 잃게 된다[즉, 역설의 경우]. 노자老子 BC 579년경~BC 499년경의 다음과 같은 이야기를 들어보자; "나는 선한 것을 선하게 여기고, 선하지 못한 것도 선하게 여긴다. 이것이야말로 곧 덕과 같은 선이다"(선자 오선지 불선자 오역선지 덕선善者 吾善之 不善者 吾亦善之 德善—『노자』 49장). 저것 보라. 역설의 구조가 도리어 덕선을 방해하고 있지 않은가. 시인은 떠듬떠듬 말하되 그의 생각은 간단해야 한다. 단조로움이, 경건이었던 것이다. 시인의 지성은, 득이 되지 않는다.

5

몸이 불편해지면 마음을 붙잡을 수 없다. 감각기능이 떨어지기 때문이다. 마음의 경계가 불분명해지므로[즉, 마음이 혼란해지므로] 자연히 경건을 얻을 수도 없다. 생각의 결점을 씻어 내는 힘 또한 치지致知에 있지 않고 탈脫경험의 잠심潛心에 있다. 때로는 불합리 앞으로 다가가야 한다. 마음 바깥에는 또 다른 마음이 있으니까. 하늘 밖에 또 하늘이 있는 천외천天外天이 아닌가. 그것이야말로 내 마음의 경계를 뛰어넘는 외경심이 아닌가. 진정한 의미의 고요함은 허구적인 논리로 거둬지는 것이 아니다. 시는 바깥에서 온다. 시인의 정신이 거울처럼 맑아질 때, 시는 시인을 알아보고 그에게 먼저 달려온다. 시는, 시인의 보유물이 아니다. 백보를 물러나서 보더라도, 시인은 시의 건널목에 서서 때마침 시가 지나가면서 건네주는 이야기 한 토막을 받아 적는 사람이다. 왜냐하면, 세상이 먼저 말을 꺼내 놓았으니까. 우주가 먼저 말을 꺼내 놓았으니까. 사물이 먼저 말을 꺼내 놓았으니까. 나 자신 내면에 깔린 혼란은 이때 잠이 든다. 시의 언명은 바람의 몫이었으므로. 그것들은 시간의 현전이었으므로. 이제는 시간의 현전 앞에 드러난 낱말의 밀의密意에 대해 길게 설명할 것도 없다. 백 보를 물러나 다시 말하자면, 시는 하이데거M.Heidegger 1889년~1976년가 말하는 정신의 유의의화작용有意義化作用(『존재와 시간』)과는 동떨어진 존재의 마지막 관문으로 옮겨 가고 있었으니 말이다. 삶이란, 세계 안에 파묻혀 있더라도 이 순간 저쪽에서 건너온 시간이 우리네 삶을 애써 전경화全景化시키고 있지 않은가. 이것은, 내가 이곳에 존재하는 이유이며 그리고 또 시간과 바람과의 관계를 더욱 공고히 유지해 나가는 흔적이라 할밖에. 실체와의 밀월은 그렇게 지속되고 있었던 것이었다. 우연은 없다. 이 부분은 지성이 알려 주는 것이 아니라, 일출·일몰과도 같은 시간의 방소方所가 알려 주는 것이었다. 시는 놀랍게도 시간의 체위體位를 그대로 쏙 빼닮고 있었으니까.

6

시인은, 사물을 이해하지 못한다면 아무것도 말할 수 없다. 사물은 인간처럼 타락할 리 없고(기독교), 타락할 이유도 없는 의미규정 건너편에 있는 태초의 시간을 몸에 붙인 유형물들이다. 그것들은 피상적인 우주공간의 본연 속에 포함돼 있는 유객遊客일 뿐이다. 그것들 유객의 발호跋扈를 놓아둔 채 시인은 도대체 무엇을 상상할 수 있단 말인가. 의심할 여지 없이 시인이란 사물 곁에 있는 자기 자신의 운명[즉, 언어]을 쳐다보는 사람들이다. 말이란, 위 5장에서도 밝혔듯이 사물보다도 먼저 시인 앞으로 달려온다. 왜 그런가. 그것은, 어쩌면 (내) 마음속 부패에 대한 자각 때문인지도 모른다. 그럴 것이다. 말이 지닌 영매靈媒로써의 표현을 외면할 수 없기 때문이리라. 그러므로 시인은, 그같은 언명의 숨결 앞에 좋든 나쁘든 한껏 정숙해질 수밖에 없다. 그랬다. 저쪽 언명의 긍정성 뒤에 숨어 있는 존재의 부름 앞에 누구든지 머리를 조아릴 수밖에 없지 않은가. 존재의 대답[즉, 말의 움직임. 그것은, 시간의 순환을 지속해 가는 가치였던 것]은 이른바 존재에 대한 시인의 질문으로 또 그렇게 열리고 있었던 것. 시인의 담론이 길어져서는 안 될 이유가 여기에 있었던 것이다. 언어의 종결은 항상 되돌아온다. 그와 같은 언어의 구부러짐과 시간의 구부러짐은 전적으로 동일했다. 언어와 시간이 함께 구부러지지 않는다면, 뜻의 모태가 어떻게 성립되겠는가. 시간은 지나가지 않고 늘 되돌아온다. 이른바 귀환이었던 것. 시인의 말은, 지금껏 그 시간에 대한 응답이었던 것. 침묵의 언어는, 또 그렇게 움직이고 있었던 것이다.

7

그러므로, 시인은 항상 말의 종결을 이끌고 다닌다. 그는 사유[혹은, 언명]의 끄트머리에 앉아 있는 사람이기 때문이다. 그는 그곳에서 자기 자신이 획득한 사유의 통찰력까지도 스스로 지워 버린다. 달리 말하자면, 그는 언어의 본령이 어떤 사유의 진행보다도 더 강인한 공허로 귀결된다는 점을 충분히 깨닫고 있었던 것. 그랬다. 그러고 난 뒤 그는 사물이 말할 때까지 침착하게 기다린다. [즉, 사물이 먼저 시인에게 말을 걸어온다]. 시인은 이때 그것들 발화의 사안에 대하여 그에 합당한 말로 대답해 줄 뿐이다. 현실과 시간의 상응을 누가 속일 수 있단 말인가. 의미는 최소한의 의미일 뿐 존재의 고유함을 다 담아 낼 수 있는 것들이 아니다. 지금까지 시인이 쏟아부은 언명은 실인즉 낱말의 기록일 뿐 대상들이 말하는 표상으로서의 적실성的實性이 아니었던 것. 왜 그런가. 표상을 받아들이는 정신의 메아리가 그동안 반反의식으로 움직였기 때문이다. 저것들 사물에 달라붙은 세계이해의 현상학적인 흥분을 어찌 다 말로 표현할 수 있으랴. 시인은 이 순간, 바람·시간·의미의 불연속적인 규정들 앞에 그저 조금만 가까이 다가앉으면 된다. 우리는 여기서 정신의 기량을 뛰어넘는 시의 신비로움을 한 번 더 상기해 둘 필요가 있다. 시는 수많은 생략을 거둔 뒤 더 이상 말할 수 없는 것들과의 접촉을 피해 아주 작은 숨결을 고르기만 하면 된다. 이 경우, 의미에 대한 무절제는 위험하다. 의미를 뒤덮는 여백이 있어야 하므로.

8

광활한 우주의 면적에 비한다면, 시 한 편의 면적이란 무슨 의미가 있겠는가. 비좁기로 말한다면 그 광활한 우주의 면적 또한 전체의 일부분일 뿐이다. 존재론적으로 보더라도 시적 대상의 영역은 무한할 뿐 아니라, 혹은 그 전체와는 비교도 할 수 없을 만큼 비좁은 것이었다. 이쯤에서 『주역』의 말을 한 번 더 인용해 보자; "천하의 움직임은 무릇 하나[즉, 일자一者]로 돌아가 (하나로) 귀결된다"(천하지동 정부일자야天下之動 貞夫一者也─「계사전하繫辭傳下」 제1장). 이 뜻은, 이른바 '이것'과 '저것'이 하나로 통합되는 (통합은, 물질의 방식을 따르지 않는다!) 원리였던 것. 꽃 한 송이를 노래하는 시가, 먼 북극성을 배척할 리는 없다. 하찮은 존재가 어디 있겠는가. 이 땅위엔 큰 것도 없으며, 작은 것도 없다. 주변은 덜 중요하거나, 중앙이 더 중요한 것도 아니다. 수열數列을 보라. 칸나의 붉은 입술을 쳐다보라. 우리가 기억해 두어야 할 것은 의식이며, 의식의 전조前兆인 무의식의 텍스트들이다. 정확한 의식과 부정확한 의식의 단초端初를 좀 더 선명하게 재구성해 놓아야 하리라. 시인은 혼몽의 함정을 밟지 않아야 한다. 이론적으로나 선험적으로나 시인의 편견은 위험하다. 그것은, 오해의 독일 뿐이다. 가상체계의 부당한 지형地形도 위험하다. 그것들은 인지의 불투명한 흔적일 뿐, 길을 일깨워 주거나 밝혀 주는 장면들이 아니기 때문이다.

9

둘은, 둘인 것이다. 배추를 소금에 절이는 것은 오미五味 중 하나를 골라내는 것이 아니라 맛의 기본을 채우기 위한 전략이다. 이 점은, 시적 여운이 비합리에 사로잡힐지언정 무의미에 빠진다거나 자의적恣意的이 돼서는 안 되는 이유인 것이다. 말은 지혜의 비약이 아닌 인식의 반향反響이다. 배고프면 배고프다고 말하고, 길을 잃었으면 길을 잃었다고 말한다. 현실은 일상적인 경험을 통해 극화될 뿐 아니라 그렇게 극화된 감각들은 고스란히 아무데서나 시인의 머릿속에 잠겨 들면서 한 편의 시로 옮겨가게 된다. 시인은 그렇더라도 무엇을 알아낸 뒤에 시를 쓰는 것이 아니다. 그에게는 세계이해에 대한 놀란 눈동자[즉, 유추적인 연관] 그것 하나면 족하다. 분명하게 정리된 논리적인 정당성은 도리어 위험하다. 반론의 배면背面이 삭제되었기 때문이다. 바깥에 있는 사물은 그저 시공간을 데리고 가는 인식의 대상일 뿐 이 세계가 무엇이며 또 어디로 흘러가고 있는가를 말해 주지 않는다. 그것들은, 인식의 총체도 아니었으며 사실의 총체도 아니었다. 우리가 생각해 둔 의미와 철학이 감동을 주지 않는 까닭은 이 때문이다. 논리가 세계를 꿰뚫어 볼 수 없는 것에 비하자면, 사랑은 세상을 더 멀찍이 내다볼 수 있지 않은가. 오늘날 점점 심해지는 지성중심의 시를 대하게 되면, 뜻밖의 재난이 임박해 왔음을 예단할 수 있다. 우리는 이렇게 다시 말해야 하리라; "이 시대의 우상은 다른 것이 아니라 바로 과학적인 세계관이다".

10

말은, 예컨대 한 번도 사실의 전면에 서 있지도 않았고, 실체의 본연에 머물러 있지도 않았다. 밥이라는 말은, 밥이 아니다. 믿음과 사랑은 말로 이루어지는 것이 아니다. 말이란, 한낱 조형造形일 뿐이다. 시인은 누구인가. 그는 말의 공허함을 깨닫는 순간 그때부터 시인인 것이다. 그는, 모든 대상이 제자리에 머물러 있지 않고 늘 떠돌아다닌다는 점을 깨달은 뒤 그때 비로소 시를 쓴다. 그것을 어려운 말로는 존재론적인 환원이라고 부른다. 이 환원을 쳐다본 자는 "색즉시공 공즉시색色卽是空 空卽是色"이라고 말한 뒤(『반야경般若經』) 자신의 인식론적인 게으름을 거듭거듭 수정한다. 이 세상에는 이른바 전체도 없으며, 또 어떤 개별도 없다는 점을 숙지해야 하리라. 우리는 오늘 내 눈에 밟힌 사물들 곁에 잠시 머무르다가 어디로 돌아가면 그뿐인 것. 무엇을 또 확인한단 말인가. ■

III부

의식으로, 의식을 건너서
—언어와 사물의 존재형식

1

언어가 앞에 있고 세계가 뒤에 있다는 생각[즉, 이분법적인 사유]은, 시인들이 지금껏 신봉해 마지않았던 사고의 전형임에 분명하다. 이 생각을 더 멀리 끌고 가게 되면, 모든 대상[즉, 명사]은 두 개의 범주[즉, 객관과 주관]로 갈라진다. 대수代數로 말한다면, 곱하기('×')와 더하기('+'), 나누기('÷')와 빼기('-') 같은 대칭이 그것들이다. 전체[즉, 우주]를 '1'이라고 할 때 그 전체에서 전체를 빼버리게 되면, 그곳에는 아무것도 남지 않는 '0'이 드러난다[즉, 공집합空集合 Ø]. 여기서는 '1'과 '0'[즉, 집합의 요소]이 곧 항원identity의 역할을 담당한다(조지 불George Boole 1815년~1864년 『사고의 법칙』). 단적으로 말하자면, 유有는 유有이며-무無는 무無인 것이다. 유有는 무無가 아니며, 무無 또한 유有가 아니다. 유有는 '1'의 복사본이며, 무無는 그 복사본의 무결점 배경일 뿐이다[즉, '0']. 그뿐이다. 아무것도 없는 것은 아무것도 없는 것이었다. 불의 우주론적 논리학에서는, 어떤 요소든 그 요소를 제외한 자리에는 어김없이 또 다른 요소의 대칭이 나타난다고 했다[즉, $1-a=a'$]. 그런가 하면, 어떤 대상의 대칭의 대칭이거나 그 대칭의 반복은 여전히 바로 그 대상 자체라는 것이었다[즉, $(a')'=a$, $a^2=a$]. 간단히 말하자면, '물'은 '물'을 건너뛴 다른 어떤 것도 아닌 '물' 그 자체라는 말이었다. 물에다가 물을 겹쳐 놓고 또다시 겹쳐 놓고 보더라도 '물'은 수많은 물이 되지 않고 단 하나의 '물'로만 남게 된다는 것이었다. 시는, 그러니까 조금만 말하면 되는 것이었다. 단순한 말이 만물을 꿰뚫어 보고, 세계를 꿰뚫어 보고 있기 때문이다.

2

단순한 말이란, 그러나 '이것-저것'을 한꺼번에 꿰뚫는 그런 말이 아니다. 유형화된 집합 혹은 보편적인 개념[즉, 함축implication]은 그래서 위험하다. 이것과 저것을 재빨리 구분하지 않는다면 어떤 상황이든 뒤틀리게 마련이다. 의미가 선명하게 구분되지 않을 때는, 시인이 바라보는 사물의 실정은 그저 존재[즉, 유有]의 외연外延에 닿은 표면을 건너뛰지 못한다. 이를테면 "눈이 온다"는 표현은, "눈 내리는 마장역"이라는 현상 쪽으로 시선을 옮겨 놓아야 한다. 시인이 지금-여기에 머물고 있는 현장은 미분微分의 격식이 아니었던 것. 이

때는 무엇이 시의 의미를 끌고 가겠는가. 시간의 현전성現前性이다. 그러나 무한으로 흘러가는 시간의 흔적을 붙잡으려는 (시인의) 욕망은, 시적 토대인 대상에 대한 물리적인 인지구조가 시간의 시제時制로부터 열리고 있다는 점을 깨닫지 못한 소이연이다. 말하자면, '눈송이'의 행방은 전적으로 내 발길이 닿는 물리적 공간[즉, 시간의 공간화]과 직접 연결된 의식의 소여所與일 뿐이다. '눈송이'의 의미를 결정짓는 제안은 바로 그 '눈송이'의 구체적인 의미영역[즉, 의미의 의미 $(X)^2$]의 바깥쪽에 붙어 있었던 것이다. 얼핏 보게 되면, 시적 대상에 관한 연상聯想들은 내가 여기 머물게 된 의미의 전조前兆와 혼동하기 쉬운 생각의 일면들이었다. 시는, 그래서 논리 구성상 (시인의) 상상으로서의 의미 공간이 아닌 우주적 범주의 의미체계와 더 깊이 연계된 음성학적 표현의 일부분이었던 것. 이 순간, 시인은 다시 무엇을 말해야 하는가. 단순한 호기심이라면 몰라도 아무것도 아닌 환상을 진리인 양 쳐다보는 목적론적인 담론은 위험하다. 기온이 무더운 날씨라면, '덥다'라고 간단히 말해야 한다[즉, 더하기(+)의 셈법]. 간단한 것이 큰 것이다. 작은 것은, 작은 것이기 때문에 큰 것이다. 시인은, 그런 다음 일반적인 의미의 모형을 도려낸 꼭짓점 그곳에서 새로운 존재 이해의 패러다임을 꺼내 놓아야 하리라.

3

자연은, 말을 하지 않고 거기 있는 그대로 제 모습을 그냥 보여 줄 뿐이다[즉, 희언자연希言自然―『노자』 23장]. 자연이 저만한 침묵을 지키고 있다면, 이에 시인은 어떤 말문을 다시 열어야 할 것인가. 지금 그는 절박한 인생행로에 접어들지 않았는가. 나는 이미 앞장에서 (이 경우) 작은 것[즉, 질박함]이 큰 것이라는 점을 힘주어 강조했다. 작은 것이, 작은 것으로만 국한된 극미라고 한다면, 시인은 그 극미한 부분을 맨 먼저 떼어 버려야 한다. 노자는 다시 이렇게 말했다; "(사람으로서) 내버릴 것이 세 가지가 있으니, 그것은 극단이며-사치이며-과대함이다"(거심 거사 거태去甚 去奢 去泰—『노자』 29장). 사물의 이치는 현묘함에 있지 않고, 구부러진 부분을 환하게 드러내 주는 정당성에 뿌리를 내리고 있었던 것. 그러면서도 그것들은 말하지 않는 법을 훨씬 소상하게 일러 준다. 대변약눌大辯若訥이 아니었던가(『노자』 45장). 언제나 인식의 반대편에는 침묵이 있었던 것. 표현에 관련된 것이라고 한다면, 시는 엄연한 논리를 앞세우는 철학보다도 훨씬 더 철학적인 말의 뉘앙스nuance를 품고 있는 어법이다. 어느새 선입견에서 벗어난 시인은 존재론적 시야의 변곡점에 서서 사물의 곡면曲面을 쳐다보며 이야기하고 있기 때문이다. 사물이란 이쪽에서 저쪽으로 건너가는 대상이 아니라, 항시 그쪽에서 먼저 자기 자신 생지生之의 근본을 내보이는 천연들이었다. 이것이, 존재가 존재하는 소이연所以然이었던 것이다. 이러한 소이연은, 그러나 시인의 정밀한 관찰과 만나면서 천연한 말문을 열게 된다. 거기까지가 사물계界의 관할이었던 것. 그다음은, 시인에게는 그간 견뎌 내기 어려웠던 침묵의 묵지默識를 천천히 풀어 낸다. 그럴지라도 그가 이야기하는 언급의 자의적恣意的인 해석은 위험하다. 자의는 교만[혹은,

날조捏造]이기 때문이다.

4

사물은 움직인다. 움직이지 않는 사물은 없다. 이는, 어떤 사물이든 그것들은 홀로 존재하는 법이 없고 다른 사물과의 합집합·교집합의 틈바구니에 낀 형체들이란 점을 강조한 말일 뿐이다. 세상에는 제 홀로 단독으로 서 있는 실체는 없다. 나는 결국 당신 앞에서 당신들과 함께 더불어 살아가는 개별이 아니었던가. 엄밀히 말한다면, 사물의 본체는 없고 사물의 변용만 있을 뿐이다. 그 움직임은 어느 순간 사물[즉, 대상]의 테두리를 벗어난 뒤 시인의 인식론적인 이해의 관할 하에 편입된다. 그렇다고 사물의 추상화 과정[즉, 사유행위]에 다짜고짜 몰입해 보라는 이야기가 아니다. 사물의 소실점으로부터 불시에 달려오는 의미망網이란 대개는 (내) 삶의 정리情理와 연결된 경험들이었으므로. 역으로 생각해 보자. (내) 삶이 얼마나 공허했으면 사물들 본체의 존재형식을 빌어 인생의 무상함을 달래려 하겠는가. 시간은 현상의 배경에 머물러 있지도 않았다. 그랬다. 현실은 끝도 없이 많은 허망한 관념들 위로 내달리고 있었던 것. 창밖을 쳐다보자. 지금 시인이 찾아가는 곳은 우주적 보편의 현전이 아닌 경쾌하기 짝이 없는 반反정신의 최소치 실루엣들이 아닌가. 그것을, 물체의 암호[즉, 물체의 현전을 이해하는 사유]라고 달리 말해도 좋으리라.

5

어쩌면 내 자신의 정체성에 관한 분별보다도 객관에 대한 이해가 더 빠르고 용이한 인식일는지 모른다. 안타깝게도, 그러나 (나는) 내 자신의 평안을 위해서 시 몇 줄을 쓴 일밖에 또 무슨 일을 했던가. 이 부분이 (시인으로서의) 내 부끄러움이었던 것. 당신들의 평안은, 그런데 아직도 지금 그대로 유효하단 말인가. 이 부분은, 또 존재 앞에 서 있는 자로서의 무목적론적인 불안한 망상이 아니었던가. 그동안 나는 내 의식으로 미처 깨닫지 못한 존재의 무목적성을 너무 많은 의미의 위장 속에 남몰래 감춰 놓고 있지 않았던가. 함정은 거기에 있었다. 좀 더 솔직히 말해 보자. 나는, 그동안 시간과 역사 인식의 결핍에 대한 책임을 아무런 반성도 없이 내 문제가 아닌 객관적인 운명의 장난으로만 치부해 오지 않았던가. 운명이라고 해도 그것은 내 자신 무지의 소치라 할밖에. 이 부분은 이론의 여지 없이 시인의 재앙이라 할밖에. 이것은, 시가 지금까지 많은 독자들로부터 외면당해 온 가장 큰 이유 중 하나일 것이다. 시는 물론 다른 정보와는 달리 우리네 생존전략 중 필수불가결한 담론이 아니다. 우리는 왜 시를 읽는가. 진실은 입증되지 않아도 저절로 드러난다. 악 또한 아무런 거리낌도 없이 현실적인 만면의 가치관들을 쓰러뜨리며 몰려다닌다. 그런 까닭에 시는 진실의 유액乳液으로 흘러 이 세상을 골고루 적셔 놓지 않으면 안 된다. 시는, 진실의 불멸성을 담보해 놓은 최선의 불침번이기 때문이다. 개별과 집단은 한 몸이다. 시는 한 개인으로서의 자각에서든 한 집단 속 체계 내의 활력에서든 시간의 불합리한 변칙들 속에서 더 큰 힘을 얻는다. 역사의 운명은 신神의 명령이 바꿔 놓는 것이 아니라 우리네 이웃들 한 사람 한 사람의 마음이 바꿔 놓는다.

6

불교는, (내가) 어느 일정한 대상에게 집착하는 관념을 번뇌로 보았다. 왜냐하면, 하나의 의미는 다른 하나의 의미로 번지고 또 다른 의미로 다시금 번져 가는 갈등에 매여 있기 때문이다. 그러기에 불교는 사물 가운데 포개진 의미의 대칭적인 요소[즉, 이분화二分化]를 끊고, 사물을 거기 있는 그대로 바라보는 여래관如來觀을 지킬 것을 강조했다. 그것은 그 사물에게 얽힌 속성들 가운데 어떤 점으로 보아도 구분하기 쉬운 단 하나의 모델만을 남겨 두는 일이었다. 왜 시인의 언어가 단벌이어야 하는지에 대한 명분이 여기에 있었던 것. 은유와 함축과 유추를 함부로 차용해도 안 되는 이유가 또 여기에 있었던 것. 긍정이든 부정이든 시인의 단벌 언어는 인식의 기준[즉, 명제들의 결합]을 단순화시키면서, 건너편 대상들의 헐벗음이 옮겨 오기 전 가능한 한 낮은 음성으로 유의미한 말을 건네준다. 그의 말은, 당연히 그럴만한 이유를 지닌 가설의 빗장이었던 것. 수많은 망상은 온데간데없이 사라지고 (지금 내가 서 있는) 이곳이야말로 우주 중심의 예각銳角이라는 인식이 새롭게 몰아닥쳤다. 이곳에 있는 사물의 면적은 그만큼 넓은 것이었으며, 또한 그만큼 불완전한 시간의 시점들이었던 것. 사물들은 불시에 소멸한다. 그렇거니와 그 소멸을 이겨 내는 마음 없이 우리는 어떻게 시를 쓸 수 있단 말인가. 이때쯤 나는 비로소 내 자신으로 돌아와 있게 된다[물론, 내 인식의 숨고르기와 물질의 물활론적인 혼합과는 아무런 상관이 없다]. 그것들은, 저쪽 사물들에게 내 마음속 형상의 미분화未分化를 잠시 맡겨둔 기대치일 따름이다. 내가 느끼는 초월이라는 것도 따지고 보면, 그것은 내 마음 바깥 비정상의 체계들 건너편에 붙어 있지 않고 여전히 내 몸 곁에서 숨을 쉬는 형태들 상호간의 결연結緣 속에 번져 있는 것들이었다. 어디서든 제멋대로 굴러다니는 사물은 없다. 사물의 존재형식은, 홀로 저쪽을 내다보고 있다가도 시인의 인지적인 해석이 다가오면 제 몸을 재빨리 움직이며 다시 돌아앉는다. 막무가내로 움직이는 그 사물들의 불균형 앞에 이젠 무슨 질문을 더 하겠는가. 묻지 않아도 그들은 간단하게 대답한다. 내 환멸을 닮지 말라고.

7

시인의 의식은 언제든지 권태로운 시간을 열어젖히는 숨결[즉, 예견]을 지녀야 한다. 형태든 소리든 냄새든 맛이든 맑은 공기든 생각이든[육근六根: 눈眼·귀耳·코鼻·입舌·몸身·마음意] 이들 시간에 맞물린 감각들은 본래의 소임을 끝낸 뒤쪽으로 돌아가 가뭇없는 미래의 시간을 말없이 불러 낸다. 시는, 그러니까 미래의 현재화를 실행하려는 긴장의 황금률을 품고 있었던 것. 비유컨대, 불은 빛과 열량의 복합물이었다. 요컨대 시인의 의식은, 수많은 사물들의 간섭이 있더라도 나중에는 그곳에서 반드시 무적無適[즉, 그침 혹은 지지知止(『주역』의 간괘艮卦]할 줄 아는 시간을 취해 내는 것이어야 했다(『논어』 「이인里人」). 이때는, 그럴수록 만물과 교감하는 경험과 동시에 (내) 마음속 주체성을 더욱 공고히 다잡지 않으면 안 되는 일이었다. 사물 뒤에는 항상 인생의 위엄이 잠잠히 앉아 있었다. 상황이 적절치 못할 때는 누구든지 번잡한 사념邪念에 붙들리기 쉽다. 장자莊子 BC 369년경~BC 289년경는 그래서 무심한 마음[즉, "아무런 형상도 아무런 마음도 없는 무아경 (상망象罔)"]을 길러낼 것을 당부했다(『장자』 「천지天地」). 시간은 결코 무궁한 것이 아니었다. 3년이면 3년, 100년이면 100년일 뿐이었다. 시간은 시세時勢의 변화[즉, 강약과 성쇠]를 알려줄 뿐이다. 두통을 앓는 자는, 피아노와 악보의 대비를 놓아 두고도 벽걸이만을 쳐다본다[이를테면, 그는 근원과 말단의 간격이 얼마만큼 벌어져 있는지 알지 못한다].

8

정신[혹은, 마음]에게는, 방향감각이 없다. 그러기에 정신마저도 때로는 위험하기 짝이 없는 독이 되는 경우[즉, 망상妄想]가 허다하다. 시인이라면, 그는 맨 먼저 맨 나중까지도 바로 이 망상을 경계해야 하리라. 망상은 사실과 환시幻視를 한 몸통 안에 구겨 넣는 색채일 따름이다. 의상義湘 625년~702년은 이렇게 말했다; "망상을 헐어 내고 쉬지 않으면 아무것도 얻지 못하리라"(파식망상 필부득叵息妄想 必不得—『법성계法性偈』). 만물에게 흰 분가루[즉, 이미지]를 뿌려 대는 요즘 시들의 정황만 해도 그렇다. 무의식의 어근을 높이 치켜세운들 그것들은 정작 피안彼岸의 세계와 유대를 맺는 예측으로 얼마만큼 남아 있겠는가. 정신의 맥락은 본래 상승의 기류를 타고 흘러 다니지 않았던가. 덧없이 불어오는 바람 몇 겹의 행로를 따라가 보자[즉, 바람은 가볍게 움직이지만, 언제든지 인식의 한계를 뛰어넘는다]. 마음이 무겁게 되면, 만 겹 망상에 사로잡힌다. 탈출구는 어디 있는가. 이런저런 감상에 얽매인 채 우리는 얼마나 오래 투덜거렸던가. 더 많은 상심을 쏟아 낸 뒤 그 순간 우리는, 실체가 존재하지 않는다는 부처의 가르침을 만나게 된다[즉, "모든 형상은 다 허망한 것이니, 만약 모든 형상이 형상이 아니라는 것을 본다면 곧 여래를 보게 될 것이다"(범소유상 개시허망 약견제상비상 즉견여래凡所有相 皆是虛妄 若見諸相非相 卽見如來―『금강경金剛經』「여리실견분如理實見分」제5품)]. 그랬다. 마음이란 여전히 무위무불위無爲無不爲의 완곡한 생면生面에 닿아 있지 않았던가(『노자』 37장, 48장). 시인의 정신은, 그러므로 이제부터는 더할 나위 없이 가벼운 공기의 재질들을 눈여겨보아야 하리라. '이것-저것'이 한 몸이라면[즉, 주객일여主客一如], 시인은 지금이야말로 그쪽 형태의 암암리로부터 내 마음을 끌어당기지 않으면 안 된다. 그것은, 허상의 허상[즉, $(\sim X)^2$]을 다시 한번 더 뒤집어 보라는 것이었다. 새들은 저희가 날아온 천공을 방금 지워 버리고 있지 않은가.

9

시인은 나뭇잎을 만나면 나뭇잎이 되고, 물방울을 만나면 물방울이 된다. 이것이 문제인 것이다. 앞장에서 나는 마음의 사각斜角에 대한 형편이 얼마나 큰 위험으로 흔들리고 있는가를 애타게 지적했다. 확실하게 말하자면, 세계의 중심은 내 마음의 편차로 하여 그렇게 슬그머니 움직인다거나 더 큰 함의를 띠고 나타나지는 않는다는 사실이다. 이는, 선입견의 문제였던 것이다. 시인은 어떤 선입견 어떤 관념도 없이 존재의 표상 앞으로 다가가야 한다. 역설로 표현하자면, 모든 대상은 그것들이 다 허구라는 사실이다. 봉준호 감독이 그려낸 한강의 괴물은 실제로는 존재하지도 존재할 수도 없는 과장이었지만, 그 비현실의 탄생이 우리네 삶의 규격을 만만치 않게 건드렸다는 점에서 성공한 작품이다. 물어보자. 시는 어떻게 움직이는가. 시는, 날을 세운 명사였든 단단히 묶인 끈을 풀어 내는 동사였든 간에 그것들의 조합이 일정한 명제로 옮겨질 때라야 비로소 시가 된다. 한갓진 여행길처럼 시는 움직였다. 그럼에도 불구하고 시는, 물리와 철학의 범주 사이를 크게 벗어나지 않는다. 사물들이 나타내 보이는 현상phenomenon[즉, 세계이해]에 관한 한 시는, 동서양 정신의 매혹들 자체를 주목하면서도 자기 욕망의 해법에 대해서는 더 적절한 몸가짐으로 대처했다. 자기 지향의 이 얼뜨기 노력들 덕분에 시는, 사물들 하나하나가 안고 있는 정서적인 지각을 더 깊이 조망할 수 있게 되었다. 한 그루의 단풍나무를 한 그루의 단풍나무로 지각하기 위해서는 그러나 좀 더 먼 길을 돌아와야 했다. 그것은 실제와 가공이 한 자리에 머물고 있는 역비逆比의 공감력empathy이었다. 이때 시인의 감각은 그만큼 순수해져야 했고, 그만큼 단순해져야 했다. 사물은 사물을 감싸고 있는 형태의 표면에 붙어 있지 않고, 그 사물을 지각하는 인식의 변양變樣과 연계돼 있었던 것. 실체와 가현假現이 한 몸이라는 말은 이를 두고 하는 말이었다. 시인의 상상은 사물에 대한 지각의 현전작용과 맞물린 이른바 그 사물에 관한 인식 체계를 다시 읽어 내는 각성이었던 것. 그것을 존재의 빛이라고 달리 말해도 좋으리라.

10

(다시 한번 물어보자) 시는 어디 있는가. 사물을 쳐다보고 신神을 쳐다보는 관점을 두고, 우리는 그것을 자기의식이라고 부른다. 맞는 말이다. 자기의식이란, 의식의 원점[즉, (X)위을 두고 하는 말이었으니까. 허나, 그 의식을 가지고도 우리는 대체 무엇을 알아냈다고 할 수 있겠는가. 밭두렁의 콩인가. 어둔 밤중의 별인가. 나는, 내 자신의 속내가 어떤 것인지 아직 모른다[즉, 내 불안의 근거는 거기 있었던 것. 사르트르J.P Sartre 1905년~1980년 『존재와 무』]. 그럼에도 불구하고 나는, 내가 가진 확신을 통해 역사를 이해하고 시간의 뒤섞임까지도 풀어 내는 정신력에 대해 큰 긍지를 느낀다. 의식의 가장 큰 위력은, 무엇보다도 자기 자신을 스스로 되돌아볼 줄 아는 지각을 지녔다는 점이다. 슬픔과 절망을 이겨 내는 힘은 바로 그 지각으로부터 나온다. 허상은, 그 의식을 이기지 못한다. 종교와 예술과 자연과학의 논증에 이르기까지 의식의 거시적인 구속력이 없었더라면 거기 무엇이 남아 있겠는가. 망상을 다스리는 것도 이 의식이며,

만물 변화의 끝없는 차별을 잡아 내는 것도 이 의식이다. 그러나 그렇다고 해도 시인의 문맥은, 의미탐색 중 맨 끝자리에 있는 본질적인 속성-가치관을 대동하고 있어야 한다. 공자孔子 BC 551년~BC 479년가 말하는 회사후소繪事後素(『논어』 「팔일八佾」)의 여백이란 곧 저와 같은 의식의 잠행을 두고 한 말이었으리라. 존재의 빛은, 그처럼 무한히 진행되는 인식의 대상이었으리라. 나는 누구인가. 나는, 요컨대 내 자신의 궁극을 되찾고자 하는 사변적 실행의 주체였던 것. 그런즉 시는 어디에 있는 것인가. 시는 내 감성의 존재론적인 시간의 뒤쪽에 붙어 있는 것. 그러한 시는, 그런데 내 정신의 고양高揚과 더불어 더 완벽히 함께 숙성돼 있지 않았던가. 시는 언제 시인 앞으로 다가오는가. 시는 존재의 은닉隱匿을 견뎌 내지 못할 때 그때 말문을 열어젖힌다. 말하건대 존재의 현전과 시인의 의식은 사물의 내인계內因界를 함께 열고자 하는 열망으로 한데 뭉쳐 있었던 것. 그것은 어쩌면 낭만의 미덕에 대한 열망인지도 모른다. 그동안은 비실재의 기반이 시인의 손목을 잡고 놓아 주지 않았던 것. 시인의 실제적인 말문이 비로소 열리기 시작했다. 이만한 사유체계의 실행이 없이 우리는 어떻게 시를 쓸 수 있겠는가. ■

시는, 인간의 마음 깊숙한 곳으로 파고든다
—주체와 대상

1

유有가 눈앞으로 나타나는 것은 뒤에 있는 무無의 배경 때문이다.
이른바 유는 무를 포함한 유였던 것이다(유⊃무). 그와 같이 '선'은
'악'을 포함하고 있으며, 물질은 속성을 포함하고 있었던 것이다.
"나는 당신을 좋아한다"는 의미를 "나는 당신을 미워한다"는 의미로
바꿔 놓으면 대뜸 부정negative이 나타난다. 예컨대 존재와 비존재
의 대칭도 그와 같이 돌변한다. 그런 까닭에 어떤 명제든 명제로서
의 의미를 보전하기 위한 것이라면 거기에는 내포적 전제로나 외연
적 결과로나 명제로서의 결합을 이끄는 항진성恒眞性이 갖춰지지 않
으면 안 된다. 함축implication만 가지고는 세계이해의 다원적 판단
에 대한 미비점을 다 가릴 수 없기 때문이다. 현상이 (인간의) 행위

를 지배하고 있지 않은가. 그렇더라도 양量[즉, 현상]은 질質[즉, 본성]을 능가할 수 없다. 천명天命은 양이 아닌 질이었던 것. 사람이 도道를 넓히는 것이지, 도가 사람을 넓히는 것은 아니다(인능홍도 비도홍인人能弘道 非道弘人—『논어』「위령공衛靈公」). 언제나 피상적인 행위가 문제였던 것이다. 시는, 그러기에 추상-이념이 아닌 인간의 마음 깊숙한 곳으로 파고든다.

2

인간의 마음이라니. 마음이란 생각[즉, 의식: 주관에 대한 자기의식(수심守心)과 객관에 대한 대상의식(관심觀心)]의 본체를 두고 하는 말이다. 내 개인적인 생각으로는 혜능慧能 638년~713년(당대唐代)이 말하는 자기 자신의 본마음을 알아차리고 대상을 바라보는 식심견성識心見性이 옳다고 본다(『육조단경六祖壇經』). 그것이야말로 오염되지 않고 자유로운 무념無念의 경지[즉, 반야삼매경般若三昧境]로 돌아가는 자성自性이기 때문이다. 그랬다. 천지 만물의 만법이 모두 내 마음 가운데 있지 않은가. 내 마음의 안쪽[즉, 자성]과 내 마음의 바깥쪽[즉, 대상]을 하나로 꿰뚫어 보는 대긍정의 태도[즉, 평상심]야말로 자기 자신의 본래 마음이었던 것. 마음을 제 자리에 놓아 둘 필요도 없고, 마음 앞으로 달려가 두리번거릴 필요도 없다. 대상에 묻어 있는 고정관념(형태·이름·기억 따위) 그것이 곧 망념妄念-미혹迷惑이었던 것이다. 시인의 마음으로 돌아가 보자. 시인은 대상에 대한 의미를 따져 묻되 다음 순간에는 의미대상의 가시적인 관심 모두를 내버려야 한다. 왜 그런가. 왜냐하면, 의미대상에 대한 지각은 내 마음의 세분화[즉, 본성]와 얼마만큼 또 어떻게 결부돼 있는지 아직은 모르고 있기 때문이다(시인의 지각작용은 수많은 오류를 동반한다). 시는, 현상학적인 지각만으로는 아무 데서나 다짜고짜 떠오르지 않는다. 시인은, 그러니까 하늘이 데리고 온 텅 빈 (내) 마음속에 천리天理의 정상情狀을 두터이 깔아 놓는다. 그럴 것이다. 어지러운 마음-탁한 마음을 가지고 있는 한 그는 시인이 될 수 없다. 기질만으로는 그는 시인이 될 수 없다.

3

시인의 지각은 형이하학적形而下學的인 명사를 바라보되 시인의 직감은 형이상학적形而上學的인 동사를 바라본다. 말의 진행이 세계이해의 논점까지도 갈라 놓고 있었던 것(시인이 사용하는 레토릭은 감각적인 어휘와 초감각적인 어휘로 나눠진다). 예컨대 직설과도 같은 언표는, 형이하의 구별로부터 형이상의 정신으로 이동해 가는 과정을 통해 은유·환유·유추·기미幾微들이 내보이는 비결정적인 의미로 바뀌기도 한다. 급기야는 시간과 공간의 수축과 더불어 '명사'와 '동사'-'가可'와 '불가不可'-'그렇다(시是)'와 '그렇지 않다(부否)'-'유有'와 '무無'의 대척점對蹠點마저도 사라지게 된다. 저와 같은 구조를 바라보면서 노자老子 BC 579년경~BC 499년경는 이렇게 말했다; "천하가 다 아름답다고 여기는 아름다움은 그런데 그것은 추한 것일 뿐이며, 천하가 다 선하다고 여기는 선은 그런데 그것은 불선일 뿐이다"(천하

개지미지위미 사악이 개지선지위선 사불선이天下皆知美之爲美 斯惡已 皆
知善之爲善 斯不善已一『노자』 2장). 상위적인 대칭은 서로 이름은 다른
것들이었지만 모두가 하나에서 나온 황홀이었던 것(차양자동 출이
이명 동위지현 현지우현 중묘지문此兩者同 出而異名 同謂之玄 玄之又玄 衆妙
之門一『노자』 1장). 이름[즉, 명사]은 요컨대 상도常道로서의 대상이
아니었던 것. 왜 삶은 황홀한 것인가. 삶에 얽혀 있는 지극함 때문이
다. 언어의 한계를 바라보면서 마침내 노자는 다음과 같이 말했다;
"하늘은 도를 본받고, 도는 자연을 본받는다"(천법도 도법자연天法道
道法自然一『노자』 25장). 자연은 명사의 연결고리를 풀고 동사 앞으
로 달려간다. 자연은 자기 자신의 움직임을 그렇게 스스로 이뤄가기
때문이다. 물어보자. 시인은 누구인가. 그는, 귀로써는 들을 수 없는
자연의 말을 알아듣는 자이다(희언자연希言自然一『노자』 23장).

4

시인의 언어는 시인의 명령대로 움직이지 않는다. 언어를 통해 영혼
이 드러나게 되면 그 언어의 주인은 영혼일 것이며(그것을 우리는
언령言靈이라고 부른다), 언어를 통해 존재가 드러나게 되면 그 언어
의 주인은 존재의 개시성開示性이라 할밖에. 어느 모로 보더라도 시
인은 언어의 주인이 될 수 없다. 그는, 주체와 대상의 이분법二分法을
뛰어넘는 꼭짓점으로 올라설 때라야 언어의 주인으로 돌아갈 수 있
기 때문이다(이때부터 시인은 존재의 물음(혹은, 자연의 희언希言)과
화답하는 특권을 누린다). 자연의 희언希言이란, (시인의) 본래의 시

135

심詩心과 다르지 않다. 다음 순간 시인은 언어를 통해 불투명한 대상들이 밖으로 환히 드러나는 생기를 쳐다본다. 사물들은 사물 자체로서의 단순한 매개물이 아니다. 각각의 사물들은 한결같이 인생의 의미를 새롭게 어루만져 주는 정당화의 논점들을 품고 있었던 것. 급기야 언어가 말문을 열기 시작했다. 시인은 사물들의 침묵 곁에서 그 사물들의 묵언[즉, 하늘과 신神의 복면覆面]이 어떤 의미를 띠고 나타나는가를 묻는다. 어느새 그의 말은 불완전한 형태[즉, 지칭指稱]로부터 변증법적인 은유·상징으로 펼쳐지고 있었던 것. 엉뚱하게도 사물들이 은유·상징의 의미를 알아듣는 듯했다. 은유·상징의 내면화를 쳐다보게 되면, 여러 겹 사물들은 밖으로 드러난 형태와 관련해서는 어떤 의미로든 비현실적인 매개물에 불과했으므로.

5

시인의 말이 장광설처럼 길어져서는 안 된다. 그는, 말 없는 하늘을 쳐다보며 침묵할 줄도 알아야 한다. 개는 잘 짖는다고 해서 좋은 개가 되는 것이 아니다. 사람은 말을 잘 한다고 해서 좋은 사람이 되는 것도 아니다(구불이선폐위량 인불이선언위현狗不以善吠爲良 人不以善言爲賢—『장자』「서무귀徐無鬼」). 하늘과 자연의 이법理法을 어찌 다 말로 표현할 수 있겠는가. 물질적 상상력의 비중比重일진대 그것을 어찌 다 말로 표현할 수 있겠는가. 가령, 물 한 방울의 농염濃艶과 불꽃 한 점의 부정형不定形과 돌 한 덩어리의 공물供物을 들여다보는 원점 근동에 있어서도 그랬다. 실체론적인 관점으로 보자면, 그 순간 시인의 낱말은 빛의 점등點燈과도 같이 아무런 상관도 없는 낡아빠진 어둠의 반추反芻로 짓이겨지지 않게끔 관능 건너편에 있는 또 다른 중개자의 힘을 빌릴 수밖에 없는 것이리라. 언제든지 실체적 가치를 담아내는 전달자는 시인 자신의 욕망이 아닌 무수한 감응을 품고 있는 자연의 반향反響[즉, 물질적인 연소燃燒]이었던 것. 그와 같은 자연의 적막무언寂寞無言의 손등에 입술을 적신 뒤 시인은 비로소 뜨문뜨문 말문을 열게 된다. 허나, 물질에 대한 흥취는 그의 심중을 완화해 주는 가벼운 소묘素描에 그쳤을 뿐 진리를 펼쳐 가는 정신의 위엄으로는 높이 고양되지 못했다. 이제부터는 공허한 물질의 배경[즉, 물질의 비감상적非感傷的인 상쾌한 광경:불가사의한 영혼]을 쳐다볼 때다. 때마침 새가 하늘로 날아올랐다. 새가 하늘의 양분을 입에 물고 사라졌다. 방금 하늘이 깨어난 것이리라. 물질을 빨아들이는 영혼의 편재遍在는 그토록 치밀한 움직임을 보여 주었던 것이다.

6

꽃길은 처음부터 꽃길로 만들어진 것이 아니라 다 함께 꽃을 가꾸며 만들어 가는 꽃길이었던 것. 물의 전위inversion가 그런 것처럼, 우주적인 불의 실태reality가 그런 것처럼, 천지 만물의 변주variation가 그런 것처럼. 꽃길이란 실명사가 보여 주는 일정한 의미가 아닌 우리네 감성의 연상력이 꾸며 낸 형용사[즉, 감성의 투영projection]일 뿐이다. 사물[즉, 대상]을 감성의 눈으로 바라보는 시인의 흥취는 그래서 믿을 것이 못 된다. 내 마음의 주재자는 내 마음속에 숨어있는 또 다른 내 마음이 아니다. 그러기에 기독교는 화육incarnation의 정신을 피력했고(『신약』「요한복음」3:16), 불가에서는 공리空理의 정신을 피력했고(『반야경般若經』), 도가에서는 좌망坐忘의 정신(『장자』「대종사大宗師」), 혹은 위무위 즉무불치爲無爲 則無不治의 정신을 피력했고(『노자』3장), 유가에서는 변혹辨惑의 연결사(가령, 지지위지지 부지위부지 시지야知之爲知之 不知爲不知 是知也―『논어』「위정爲政」)를 피력했던 것이다. 그랬다. 하늘은 아무 말도 하지 않는다. 불가항력적인 자연의 이치 앞에서 그러기에 시인의 직관력은 여전히 고개를 수그릴 수밖에 없지 않은가. 이때는 내 마음을 일깨우고 내 마음을 '지금-여기'에 내려 놓는 보존[존재론적인 의미작용]이 어떤 형편인지를 다시금 조용히 캐묻지 않을 수 없다. 그것은, 일정한 의미의 무게에다 또 다른 의미의 긴장을 덧붙이는 함축이 아니다. 이제부터는 그의 물음은 저러한 함축과는 달리 사물을 꿰뚫어 보는 요긴한 정신[생심生心]과의 합일이어야 한다. 내 감정과 생각은 진작에 물아일체物我一體의 정신으로 건너가는 정관靜觀에 뿌리를 내리고 있지 않았던가.

7

두말할 것도 없이 정신은 불꽃처럼 타오른다. 그렇다면, 나는 내 정신을 어디에 놓아 두어야 하는가. 이는, 물론 어려운 질문이다. 『주역』이 말하는 ䷭ 지풍승地風升(마흔여섯 번째 괘)의 괘상卦象을 들여다보자. '승升'이란, 정신이 상승하는 여러 단계를 두고 하는 말이다.

초육初六의 '윤승允升'(겸손한 마음)→구이九二의 '용약用禴'(정성스러운 마음)→구삼九三의 '승허읍升虛邑'(반성하는 마음)→육사六四의 '왕용향王用亨'(너그러운 마음)→육오六五의 '정길貞吉'(올곧은 마음)→상육上六의 '명승冥升'(어두운 마음)이 그것들이다. 상육上六의 음효陰爻는 맨 마지막 단계에 다다른 상승인 까닭에 결국은 다 없어지고 마는 것들에게 정신을 쏟게 되면 올바른 마음을 지키기도 어려워진다. 내 마음이란, 나 자신이 내 마음에 얽매이지 않고 다 놓아 줄 때라야 참된 마음으로 되돌아가게 마련이다(마음의 근본원리는 순리를 따르는 정신(곤坤 ☷)과 유연한 정신(손巽 ☴)의 결합이었던 것). 마지막 계단이 끝나는 자리에서는 되돌아가는 수밖에. 정신의 참다운 지향은 인간성을 계발하고 삶의 현존양식을 드높이는 자아실현의 성취에 닿아 있었던 것. 승괘升卦의 상사象辭는 이렇게 말한다; "땅속에서 나무가 자라나오는 모양을 승升이라고 한다. 군자는 이 모양을 보며 덕을 쌓으니, 작은 일로부터 시작해 더 높고 큰 대업으로 마감해낸다"(지중생목 승 군자 이 순덕 적소이고대地中生木 升 君子 以 順德 積小 以高大). 그러한 대업은 나 자신과 마주치는 내 마음속 정신의 깊이를 들여다봄으로써만 가능한 일이다. 인간의 미래지향은 하늘 건너편에 있는 어떤 세계와의 만남에 있지 않고 내 마음속 본래의 감각작용[혹은, 물질적인 형태의 언어]과 그렇게 함께 연결돼 있는 인지적인 경험이었던 것이다(지금 당장 창문을 열고 창밖을 내다보라. 하늘이 잔뜩 찌푸리고 있지 않은가. 공기의 오염과 국토의 난개발과 코비드19의 만연이 시대정신의 암울暗鬱을 뒤덮고 있을 뿐. 이 나라

139

의 철학은 죽은 지 오래되었다. 예술마저도 죽은 지 오래되었다. 정치인들은 나라를 바꾸겠다고 호들갑을 떨어 대도 국민 대다수는 아무도 그들의 말에 귀를 기울이지 않는다. 어디를 돌아보아도 도둑들이 창궐했다. 성인의 도는 그림의 떡이 되었고, 세상을 위해 만든 부신符信과 저울과 도장까지도 미혹迷惑의 노리개로 뒤바뀌어 버렸다. 인간의 본래 마음은 어디로 가 버리고, 인생을 즐기며 살아 보라는 쾌감과 속도만이 만민의 종교가 돼 버렸다. 이른바 명승冥升(어두운 마음)의 종말로 치닫고 있는 형국이다. 순박淳朴이 사라졌다. 법 없이 살아가는 사람이 있다면, 그 사람이 곧 순박한 사람이다. 천하를 다스리려 하지 말고 제 자리에 있는 그대로[즉, 재지야자在之也者] 내버려 두라는 도가의(무위無爲의) 정치철학은 그래서 나온 발상이다(『장자』「재유在宥」). 이 나라의 정치가 실패하게 된 까닭은, 정치인들이 국가를 다스리고 통치하겠다는 태도에 기인한 것이었다. 백성의 순박한 마음을 빼앗고 세상이 온전해지는 날이 도대체 있기라도 한 것인가).

8

그러나 우리에게는 아직도 건강한 영혼의 성숙과 더불어 예감이 살아 있다는 것은 크나큰 행운이 아닐 수 없다. 우리가 인생을 바라보며, 생명의 순환을 바라보며, 만물의 변화를 바라보며 우주에 연관된 이러저러한 미래와의 접촉을 지속해 가는 연상 활동은 모두 이예감으로부터 온다. 의식이건 무의식이건 불가사의한 이미지이건 또는 죽음의 씨앗이건 더 이상은 아무것도 불안해할 이유가 없지 않는가. 물론 우리는 우리의 외부에 있는 불분명한 이물異物[즉, 혼돈의 감각]에 의해 더 큰 영향을 받는 존재체험과 더불어 우리들 자신의 자유로운 상상력을 상실할 때도 있기는 있다. 생각해 보라. 내 마음의 지평을 흔드는 절대적인 권능은 죽음의 위협이나-우리네 감정 중 최고의 덕목인 사랑도 아닌 자질구레한 감성 활동에 대한 끊임없는 자각이 아니었던가. 그것들은 비존재의 영역 속에 감춰진 심리적인 의식 중 가장 큰 신비의 핵자核子였던 것. 감각과 의식의 대략은 사물들의 돌올突兀에 따라 이리저리 흔들리고 있지만, 삶 속 어디인가로 파고드는 비존재의 영역은 도리어 생각의 범위를 확장할 뿐 아니라 인생의 의미를 초자연의 비밀 속으로 끌고 다닌다(비존재의 영역이란 존재의 심연과 다르지 않다. 비유컨대 중심과 가장자리가 따로 있는 것도 아니다. 노자는 그 물상物象의 적막한 세계를 쳐다보면서 "요혜명혜窈兮冥兮"라고 찬탄했다—『노자』 21장). 저와 같은 인식은, 유가에서 말하는 천심의 작용이거나-불가에서 말하는 공리空理를 실현해 가는 마음이거나 결국은 다 소멸해 버리고 마는 헛것임을 쳐다보라는 말이었던 것. 헛것을 보는 순간, 실상實相이 나타난다.

9

실상이라는 말 대신 초월의 빛이라는 말을 써 보자. 그것을 자연물 속에 나타나는 신神적인 연상력이라고 달리 말해도 좋으리라. 그와 같은 의식의 활동은 무의식의 영역으로 되돌아간 우리네 영혼을 시

141

간과 공간의 통일성 앞으로 다시 불러 세워 우리로 하여금 또 다른 생명체들과의 동행에 함께 섞여 가도록 꾸준히 다그친다. 보자. 상상력은 어떻게 움직이는가. (시인의) 상상력은 사물과 초월의 경계를 자유롭게 넘나들면서 의식의 지평보다도 훨씬 깊은 곳에 있는 상징체계의 영감靈感[혹은, 영혼spirit]을 찾아 바삐 움직인다. 어느새 지시대상은 사라지고 그 대상이 지닌 의미 내용은 이미지의 아름다움으로 바뀐 채 시인의 마음을 사로잡는다. 이것이야말로 시인의 낱말이 보듬고 있는 은유의 가치였던 것. 그 은유는 벌써 시적인 명제를 받쳐 주는 변증법적인 기호체계[즉, 기표]였던 것이다. 은유는 사실상 대상 자체의 의미 내용을 객관적인 관점으로 드러내 보이는 해석이 아니라 그 의미 내용에 관한 현상학적인 배경을 되돌려 보여 주는 조종력이었던 것. 은유를 이해하는 순간, 초월이 드러난다. 초월은 고유한 궁극의 위장偽裝도 아니며, 사변적이지도 않은 (앎의) 현상 그 자체였으므로.

10

주체란 (내) 삶을 가꿔 나가는 바탕[즉, 정신]을 두고 하는 말이다. 그러기에 하이데거M.Heidegger 1889년~1976년는 정신을 타오르는 불꽃이라고까지 에둘러 말했던 것(『존재와 시간』). 말하자면, 정신이란 대상[즉, 나무, 벽돌, 옷, 예술품, 하나님과 같은 존재론적인 실체]을 인지해 내는 힘이었던 것. 그러므로 정신은 죽지 않는다. 불은 다른 곳으로 옮겨 놓기만 하면 그곳에서 또다시 타오른다(화전야 부지기진야火傳也 不知其盡也—『장자』「양생주養生主」). 이와 같은 정신의 효능으로 보건대 이제는 그 주체가 누구이며 또 어디 있는가를 물어볼 것도 없으리라. 대상[즉, 세계]이 없는 단순한 주체란 존재하지도 않으며 존재할 수도 없다(주체와 대상은 떨어져 있는 것이 아니다. 주체가 대상으로 바뀌기도 하고, 대상이 주체로 바뀌기도 한다. 대상이란 나 이외의 나머지 세상 전부라는 뜻이 아니다). 굳이 말한다면, 이는 주체로서의 내 몸과 세계영혼과의 결합일 것이다. 은유와 상징의 세계가 또한 그런 모양이었다. 다시 기억해야 하리라. 내가 내 자신을 쳐다보는 관점이 좁아져 버리면[즉, 인색해지면] 그때는 즉시 내 마음 한복판으로 불안이 엄습해 온다. 불안이란 곧 자기자신을 헐뜯는 무화감無化感이었으므로. 그 같은 부재의 무규정적인 일상성을 쳐다보면서 하이데거는 무無의 현실태를 발굴해 냈던 것. 왜 은유이며 상징인가. 그것은 궁극적으로는 무無의 개시를 차단하기 위한 존재실현의 (시간적인) 변이變移 때문이었던 것. 시인의 마음은 언제든지 은유·상징에 대한 이해력에 닿아 있었으므로. 물어보자. 시는, 무엇인가. 대상[즉, 형태] 뒤에 숨어 있는 진실성을 쳐다보는 일이다. 독자가 시를 읽어가며 감동하는 까닭은 바로 그 진실 때문이다. ▪

사유형식의 대칭을 넘어서
─의식과 대상

1

우리네 사유는 대개 이원론적 인지구조의 틀 속에 항용 갇혀 있게 마련이다. 고저·장단·강약·선악·주야·건습·흑백 (…) 이러한 인식의 비량比量은 어디에나 나타난다. 『주역』에서 말하는 음양의 대대待對 역시 끊임없는 대칭의 기준을 넘지 못했다[즉, 비比와 응應]. 이를테면, 우리네 사유형식이 거꾸로 우리네 삶의 깊이를 곤혹스럽게 가둬 놓고 있었던 것. 종교라고 해서 그와 같은 통념[즉, 이분二分 (2^1=2)]이 온전히 사그라진 것도 아니다. 말은 어디서든 불급不及의 문턱을 넘지 못한다. 원효元曉 617년~686년는 저러한 사유형식의 대칭을 뛰어넘는 방안으로 이를테면 모순도 하나의 논리라는 모순어법을 제시했다(『판비량론判比量論』). 그는, '이것-저것'의 범주를 한꺼번에

다 건너뛴 뒤 마침내 그로부터 유식론적唯識論的인 사유형식의 자유를 얻어 냈던 것. 그것은 이른바 이중부정二重否定[즉, "이것도 아니고 저것도 아닌"(Neither / Nor)]의 상위적相違的 개념을 흡수하는 방편이었다. 이는, 간단히 말해서 양단을 그냥 저대로 놓아둔 채 그 양단을 뛰어넘으라는 논점이다. 마음도 없고 실체도 없다면, 그렇다면 무엇이 마음이고 또 무엇이 실체란 말인가. 달리 물어볼 것도 없다. 새를 보게 되면 새라고 말하고, 나무를 보게 되면 나무라고 말하면 된다. 부정의 부정이니[즉, $(\sim X)^2$], 무상無常은 그러므로 무상한 것도 아니었다. 그에게는, 사물을 보되 (내) 입에 발린 논리에 의존하지 않고 사물을 사물 그 자체로 바라보기만 하면 되었었던 것. 항상성恒常性은 존재하지 않는다. 수리논리로 보자면, 이 세상에는 명사와 그 명사들의 관계를 나타내는 동사, 대명사 격인 변수variable와 그리고 수많은 명제proposition의 접속들로 가득 차 있다. 명제의 진위는, 그 다음에 가려내도 늦지 않았다.

2

따지고 보면, 의식의 문제는 시간과 결부된 자의적인 해석의 문제였다. 주관의 터널을 빠져나간 뒤 세계라는 이름의 무적無適[즉, 적당함]과 만나며, 그 무적과의 타협으로 안주하게 되면서부터 '나'는 벌써 오리무중에 빠져 버린다. 극단적으로 말하자면 '나'는 나 자신 안에 갇혀 있거나, 반대로 나 자신을 놓아 버린 망중한忙中閑에 사로잡힌다. 이현령비현령耳懸鈴鼻懸鈴이 거기서 나왔던 것. 거꾸로 말해 보

자. 양단은 방법적 논리의 한계일 뿐이다. 공자孔子 BC 551년~BC 479년는 그러나 그 양단의 한계를 좀 더 적극적인 관점으로 활용했다; "알고 있는 것은 알고 있다고 해라. 모르는 것은 모른다고 해라. 그것이 앎이다"(지지위지지 부지위부지 시지야知之爲知之 不知爲不知 是知也—『논어』「위정爲政」). 공자의 생각으로는 양단의 절반 따위는 없다는 것이었다. 서둘러 말하자면, 존재는 존재의 변형을 통해서만 어느 순간 존재물[즉, 세계이해의 의미 차원]로 드러난다. 인간의 정신은 이때 그 존재의 소여所與를 비로소 객관적으로 내다볼 수 있게 되었던 것. 의미는 늘 다양했고, 늘 복잡했다. 나 자신의 자의恣意는 대단한 것이 아니었다. 문학에서 추구하는 의식의 일반화generalize와 명제의 타당성은 좀 더 신중한 인식의 전제조건[이를테면, 유추의 균형]에 들어맞는 것이어야 했다. 가설도 없이 제멋대로 설파한 명제는 위험했다. 세계는 단순한 사유의 적합성만으로는 쉽게 드러나지 않는다.

3

인간은 저쪽에 있는 사물[즉, 대상]을 건너다보는 것만 해도 아주 특별한 존재다. 그렇다고 기고만장할 것은 없다. 우리가 그것을 바라본다고 해서 사물이 존재하는 것은 아니기 때문이다. '격물치지格物致知'를 이야기한 자사子思 BC 483년경~BC 402년경의 경문經文은 그와 같은 인간의 오만을 다스려 놓은 논점이었던 것(『대학』). 그가, 인간의 품위를 사물과 연관해 풀어냈다고 해서 그것이 곧 인간을 사물이상의 존재로 우대해 놓은 것으로는 보이지 않는다. 인간은 사실상 우주론적 존재의 중심에 서 있는 것도 아니다. 내가 바라다보고 불러낸 꽃이라야 그것이 비로소 꽃이라고 하는 김춘수의 꽃은 터무니없는 허상이다. 현상세계의 일체를 가현假現으로 내다보는 공론空論이 또 있지 않은가(『반야경般若經』). 인간이 우주적 존재의 중심에 있다는 신념은 바로 오늘날 지구 재앙의 이기심을 불러낸 전제 그 자체들이다. 그렇다고 해서 인간은 더 낮아지고 더 작아질 필요는 없다. 더 낮아지고 더 작아져야 한다면, 그는 인간존재의 의미에 대하여 또 달리 대답해야 할 문제를 떠안아야 할 것이다. 우리는 왜 살아 있는가. 날마다 우리는 그 의미를 찾기 위해 또 다른 의미 앞으로 달려가야 하리라.

4

왜 의미는 의미의 의미[즉, (의미)^2]일 수밖에 없는가. 의미와 대상의 간격이 여러 갈래로 흩어져 있다고 하더라도, 하나의 의미는 다른 하나의 의미와 서로 연결돼 있기 때문이다. 시인은, 그러므로 명제를 구체화하되 하나의 명제가 또 다른 명제 곁으로 함께 건너가는 함축implication이 있음을 특별히 주목해야 하리라. 함축은 명제의 의미에 기대기보다는 그 명제의 일관성 자체를 흔들어 놓기 때문이다. 시간이 지나가면 그토록 간절했던 의미도 늙고, 내 눈에 들어왔던 강인한 대상들도 사라진다. 내 인식은 세상의 무대 뒤로 가서 숨고, 한 걸음 더 나아가 그 인식은 한 폭의 그림인 듯 거울인 듯 저쪽에 있는 대상의 조합을 한 방향의 충동 위에다 걸어 놓는다. 이때는 '이것'과 '저것'이라는 대칭적인 기억들마저 사라진다. 총체적인 관련들은 그동안 어디로 숨어든 것인가. 공론空論이 우선이란 말인가. 그러나 그 같은 지각에도 불구하고 시는, 자연의 묵언과는 달리 그 묵언의 면적을 들여다보면서 나 자신의 목소리를 분명히 꺼내야 한다. 저것들 객체의 소여所與에 대한 이해와 예술 작품으로 떠오른 내 정신의 부표들이 한군데로 합쳐질 때까지. 시는, 어느덧 생물학과도 같은 의미구조의 핵산核酸을 품고 있었던 것. 이때부터는 시는 단순한 이해의 산물이 아닌 우주정신의 어군語群[즉, 구체적인 명제]으로 바뀌게 된다. 우주정신이라고 해서 그것은 물론 사물의 범주를 벗어난 초超의식의 세계를 두고 하는 말이 아니다. 시인의 말은 이때는 개념이 아닌 긍정의 정신 속으로 파고들어 간다. '이것'은 '이것'이었고, 그리고 '저것'은 '저것'이었으므로. 만약 내 의식을 무시한 채 사물을 바라보게 된다면, 그때부터는 '이것'은 '저것'이 되기도 하고 '저것'은 '이것'이 되기도 한다(인식의 오류가 나타난다). 1+2=3이다. 그것이, 자연이 시인에게 일러 주는 수식이었던 것. 시인은 결코 전체라는 환영幻影에 속아 넘어가지 않는다.

5

나는, 공원 벤치에 앉아 새소리를 들을 때마다 기분이 좋아졌다. 왜 새가 울고 있는지 무슨 내막으로 울고 있는지는 몰라도. 나는, 우리가 지금 이곳에 함께 있다는 행복감을 지우고 싶지 않았다. 매 순간 기표記標가 기의記意를 능가하고 있지 않은가. 소쉬르F.D.Saussure 1887년~1913년는 언어의 구조체계를 이야기하면서[즉, 기표=발성과 기의=의미] 특별히 발화자의 자의성恣意性을 강조했다(『일반언어학 강의』). 기의는 불확실하지만, 반면에 기표는 확실한 것이기 때문이다. 기의는 시간의 뒤쪽에 머물러 있지만, 기표는 시간의 앞면으로 나타나는 것이었으므로. 말하자면, 역사와 시대정신은 시간상의 기표와 연결돼 있었던 것. 말은 시간의 눈금이었다. 의미가 중요한 것이 아니라 실태가 중요했던 것. 말 속에 물이 묻으면 정신이 되고, 말 속에 불이 붙으면 정령精靈이 된다. 실태[즉, 정情 혹은 존재의 핵심―장자莊子 BC 369년경~BC 289년경의 『장자』「대종사大宗師」]란 이런 것들의 총칭을 두고 하는 말이다. 달이 차면, 기운다. 영원한 것은 없다. 길흉이 평등했고, 생사가 평등했고, 취산聚散이 평등했던 것이다(서화담徐花潭 1489년~1546년 『화담집花潭集』). 문제는 인식론적 환상의 결과물들이다. 세계가 거대한 환상이라는 것이었다. 과학도 정치도 문학도 환상의 확장에 불과한 것들이었다. 그러나 이것 역시 일몰이 만들어낸 무경계無境界의 극단일 뿐이다. 시간은 이를 허락하지 않았다. 더욱이 우리는 내일 아침 다 같이 출근해야 한다. 여전히 우리네 삶을 장악한 사회질서의 합리화 과정에 순응해 가면서. 종교는 이곳으로 나타나는 합리화 과정의 전횡을 씻지 못한다. 종교마저도 아니 종교가 맨 먼저 그 합리화 과정의 전진기지 역을 도맡고 있었으니까. 불행한 일이지만, 지금은 아무도 문학의 힘을 믿지 않는다. 인생살이가 그만큼 냉혹해졌고 그만큼 바빠졌기 때문이다. 나는 어디 있는가. '내'가 있던 자리에 그 대신 '물신物神' 혹은 '광고廣告'가 들어앉았다. 인간의 지각이 다시 깨어나지 않으면 안 될 이유가 여기에 있었던 것. 합리화가 무서운 게 아니라 그 물신을 맹신하는 행동이 무서운 것. 물신과 광고가 초자연적인 힘을 발휘해 내고 있기 때문이다. 슬프다. 이와 같은 시대에 무슨 순결이 있겠으며, 무슨 편안함이 있겠는가. 문학을 다시 어떻게 복원해 낼 수 있겠는가. 나 자신의 정체성을 복원해 내는 우리네 정신의 갱신 밖에는 다른 출구가 없다.

6

그렇더라도 꽃을 바라보고 바람을 바라보는 우리네 인식은 아직도 건강한 편이다. 왜 그런가 하면, 우리가 보는 꽃과 바람 건너편 저쪽으로는 '무한한' 우주가 있음을 잊지 않고 있기 때문이다. 콰인 Willard van Orman Quine 1908년~2000년의 논리대로 말한다면, 우주는 우리네 추리 규칙이 그렇듯이 항진성tautology으로 맺어진 외연과 내포의 결과물이기 때문이다(『수리논리』). 이미 무한함은 무한함이 아니었다. 무한함이란 우리네 생존 규칙의 또 다른 이름이었던 것. 그랬다. 누군가가 저쪽 먼 곳에서 나를 지켜보고 있음이 분명했다. 수천 년간 그래 왔던 것처럼. 수만 년간 그래 왔던 것처럼. 시인이 사물[즉, 대상]과 관련을 맺을 때는 우주라고 해서 특별한 관점이 요구되는 게 아니다. 우주와도 같이, 우주를 바라보는 시인의 직관 역시 무한한 까닭이다. 신神이 있다면, 그분은 시인의 '열린' 직관 앞에서 그와 더불어 눈을 맞추고 있으리라. 이때는 물질과 정신의 경계가 사라진다(이때는 물론 의미의 경계도 사라진다). 불가에서 말하는 무실무허無實無虛의 존재론은 이를 두고 하는 말이다. 존재와 무無는 둘이 아닌 하나였으므로. 그런 까닭에 부처는 일체의 법이 다 불법이라고 말했던 것(시고여래설일체법 개시불법是故如來說一切法 皆是佛法—『금강경金剛經』「구경무아분究竟無我分」).

7

이른바 유무상관의 함의含意 속에는 늘 존재의 확실성에 대한 회의론이 따라붙게 마련이다. 그것이 물신숭배로 강화되고, 피안彼岸에 대한 해석으로 강화되면서 시인의 환상은 심리적으로도 더욱 다채롭게 현실과 뒤섞이게 되었던 것. 요컨대 니체F.Nietzsche 1884년 ~1900년가 일체의 망상을 내던지고 이 세계의 인간만을 귀히 여겼던 까닭은 바로 여기에 있었던 것이다(『차라투스트라는 이렇게 말했다』). 허무주의는 도리어 환상의 당혹감을 뿌리치고 있다는 점에서 인생의 진실성을 돋구어 주었다. 다시 또 한 번 바람의 행방을 따라가 보자. 바람은 형상이 없다. 이미지[즉, 형상]에 집착하는 시인의 탐색은 그것만으로도 세상에 관한 일리一理를 쫓는다는 점에서 하등일 뿐이다. 시는 형이상학적인 담론이 아닌 세상에 대한 감응으로서의 숨결인바. 시인은 이 감응을 가지고 진실이 어디 있는가를 그것만 살짝 물어보면 된다. 생각건대 인간의 존엄은 특정한 사실의 속사정과 연결돼 있는 것 같지는 않다. 인간의 존엄은 우리네 정신의

151

활로 속에서 얼마든지 바뀌고 뒤집힐 수 있다는 가설을 품고 있었던 것. 사실이지 나는 나 자신이 누구이며, 또 왜 살고 있는지도 전혀 모른다. 나는 나 자신 안에 있는지 혹은 나 자신 밖에 있는지 그것마저도 모른다. 분명한 것은, 나 자신이 시시때때로 바뀌고 있다는 사실이다. 나는 나 자신을 잃어버린 뒤에라야 비로소 나 자신을 찾게 된다. 나 자신이 나 자신으로 이곳에 남게 된 것은 오로지 대상 때문이었다. 존재론적으로 말한다면, 나 자신은 나 자신의 운명이었던 것. 나는 나 자신에게 우선 '주어져' 있는 존재였으므로(하이데거 M.Heidegger 1889년~1976년의 『존재와 시간』). 어떻게 살 것인가. 그것이, 나 자신이 나를 향해 묻는 존재의 의미였으므로.

8

케케묵은 말이지만, 시는 내 곁에 있는 사물과 시간의 행방을 쫓아 인생의 의미-행복의 의미가 어디 있는가를 묻는다. 기쁨이든 슬픔이든 하고많은 감정의 복합을 들여다보면서 거기서 미처 챙기지 못했던 다른 의미의 파장들까지 열어젖힌 채. 이곳에 박힌 현실과 허구의 비중이 어떻게 또 갈라져 있는지도 모르고. 이곳에는 감정과 생각의 등장처럼 상상과 환상의 비문飛蚊들도 실물 못지않은 존재소素의 유형으로 함께 등장했다. 어떤 때는 명사의 개별화처럼 그 명사를 움직여 가는 동사의 진행 역시 더욱 확실한 조정의 원리를 따르는 듯도 했다. 그럴 때는 동사의 발현으로 해서 어리둥절한 사물들조차 딱히 제 자리를 찾아 안착해 있는 듯이 보였다. 인생살이에 무슨 곡절이 또 있단 말인가. 상황이 상황인 만큼 시인의 상상력은 또 아무 데서나 장場을 펼친다. 그동안 나 자신을 가둬 놓았던 인생 경험들이 상상력의 의미공간을 통해 좀 더 부드럽게 풀어졌던 것. 그랬다. 어떤 비현실성도 시인의 관점을 턱없이 흐려 놓지는 않았다. 그렇다고 현실을 내다보는 그의 직관을 방해하는 것도 아니었다. 상징·유비가 있으니, 그의 시는 보다 많은 다양한 예술성의 의미와 더 깊숙이 만나고 있었던 것. 바람이 또 불었다. 바람의 손끝에 닿아 있는 대상과 시간의 의미는 (본질과도 같이) 세계를 더욱 멀리 확장해 놓기에 충분한 것이었다.

9

그러면서도 바람은 아무런 형상을 남기지 않는다. 시인은 왜 그런대로 할 일 없이 지내면서 시를 쓰는가. 바람의 형상[즉, 삶의 형식]을 찾기 위함인가. '하나'를 공격하기 위함인가. 내 가슴속 슬픔을 찾기 위함인가. 높은 누각을 짓기 위함인가. 분명한 것은 역시 어떤 형상을 가지고 시를 써서는 안 된다는 점이다. 그럴 것이다. '하나'는, 더 많아지거나 더 작아질 수 없는 것 그것을 두고 하는 말이다. '하나'는 더욱이 형세도 아니었으며, 품성도 아니었다. 허나, '하나'는 하나일 때부터 벌써 부서지기 시작한다. 착함은 착해지기 시작할 때부터 벌써 부서지기 때문이다. 그 점을 우리는 정치에서도 확인했고, 종교에서도 확인했고, 무엇보다도 온갖 형상의 빈틈에서도 확인한 바가 있지 않은가. 부패는 필연적이었던 것. 그럼에도 불구하고 우리는 정성을 다해 무슨 일을 하려고 애써왔다. 내가 본 그 '하나'를, 하나 이상으로 보아 왔기 때문이다[즉, (하나)^n]. '하나'는, 결국 실재로서의 무하유無何有로 떠도는 명분이었으니까. 지금껏 보고 있는바 내 생각이 지향해 가는 대로 그 '하나'를 깎아 내려고 해서는 안 된다. '하나'를 보면 '하나'라고 말하고, '둘'을 보면 '둘'이라고 말하는 사람 그 사람이 시인인 것. 나 자신을 내세우되 곧바로 나 자신을 잊어버리고 마는 그 사람이 시인인 것. 이때는 바깥에 있는 형상이 그를 삼켜 버린 한참 뒤였다. 거꾸로 말해 보자. 여태까지도 그랬지만 바깥에 있는 형상은 더 이상 그의 생각을 일그러뜨리지 못했다.

10

바람은 밖에 있는 대상을 쫓아가되 언제나 그 대상을 건너간다. 자기 자신의 몸을 버린 뒤에는 자기 자신의 몸을 찾지 않는다. 그러한 자연스러운 움직임을 『주역』은 손巽이라고 말했다. 부드러움의 표상이었던 것. 부드러움은 그렇더라도 매양 좋을 리가 없다. 부드럽기만 한 사람을 무엇에 쓰겠는가[즉, "공손하기만 하면, 뜻이 궁색해질 따름이다"(빈손지린 지궁야頻巽之吝 志窮也—손괘巽卦 구삼九三의 상사象辭)]. 뜻이란 무엇인가. 그것은 외물 앞에서도 자기 자신 본성의 정취情趣를 지켜 내는 정신의 힘이다. 그러나 내 의식의 형태는 안타깝게도 항상 외물의 형태와 별반 다르지 않은 시뮬레이션simulation을 그려 내고 있었던 것[즉, 내 생각을 내 의지대로 풀어놓을 수가 없었던 것]. 그랬다. 시인의 번민과 자존감은 외물과 더불어 그렇게 함

께 맞물려 나타난다. 시인은 이때 구면球面과도 같은 세계이해의 파
장들을 되살리기 위해 제유와 환유를 불러낸다. 외물의 그러함을 알
든 모르든 대상들에게 이름을 붙여 주는 그의 의식은 십분 눈물겨운
신역身役이었던 것. 아무런 한계도 없이 변하고 또 변하는 체용體容을
붙잡고 어찌 '이것'만 옳다고 고집할 수 있겠는가. 세상은 여전히 시
끄러웠으니까. 시인 김영태金榮泰 1936년~2007년의 시 「오리」를 읽어
보자(시집 『客草』 1978년, 문예비평사);

오리가 가고 있다
花無十日紅 달도 어정쩡한데
남빛 치마를 두른 오리가
물살따라 가고 있다

오리는
주둥이가 빨갛게 벗겨진
우리 새끼들 같다
우리 새끼들은
하늘 개인 날에
오종종 물에 뜨는 게
춥다

저만치 빗겨 서서

花無十日紅 달도 사위어가는데

시인은 위 시에서처럼 몇 마디 말을 하고는 있지만, 그의 말은 들어도 들리지 않는 희언希言[즉, 자연과 함께 화동하는 말. 希言自然—『노자』 23장] 몇 마디였다. 긴한 말이 있다면, 그것은 "花無十日紅" 그 외마디 소리를 두 번 반복하고 있을 뿐. 그가 말하는 "오리"도 "물살"도 "하늘"도 "우리 새끼들"도 "오종종 물에 뜨는" 무위자연의 식솔들이었으며, 세상일들이란 모두 보면 볼수록 "저만치 빗겨 서서" "사위어가는" "달"의 모양을 그대로 쏙 빼닮은 것들이었다. 그랬다. 우리네 삶이란 한계도 없이 변하고 또 변하는 체용을 붙잡고 '이것'만 옳다고 고집할 수는 없다. 희언이 있지 않은가. ■

시를 데리고 오는 시간
—현실과 본질

1

내가 주목하는 사물은 도대체 어디서 온 것인가. 누가 꾸며 낸 물체란 말인가. 진리가 아닌 바에야 그것은 내 눈꺼풀에 붙은 착각·환상의 부유물인지도 모른다. 가시적인 사물이라고 해서 그 사물 뒤쪽에 붙어 있는 본질이 금방 드러나는 것도 아니다. 형상은, 그러니까 더 많은 형상 속에 파묻혀 있으므로. 밖에 있는 사물을 조종하는 무언가가 늘 존재한다는 게 심령계界의 고백이 아닌가(자세히 살펴보면, 누군가가 나를 끊임없이 지켜보고 있었던 것. 나는 언제나 어디서나 '어떤' 사람일 뿐이다). 사물 건너편에는 그런즉 어둡고도 어두운 본질의 법칙[즉, 피안]이 끝없이 펼쳐져 있었던 것. 노자老子 BC 679년경~BC 499년경는 그와 같은 실정을 이희미夷

希微의 경계라고 달리 불렀다("보아도 보이지 않는 것을 이라고 하고, 들어도 들리지 않는 것을 희라고 하고, 만져도 만져지지 않는 것을 미라고 한다" 시지불견 명왈이 청지불문 명왈희 박지부득 명왈미視之不見 名曰夷 聽之不聞 名曰希 搏之不得 名曰微―『노자』 14장). 만물은 모두 형상으로 이루어진다(만물지오萬物之奧―『노자』 62장). 만물지오萬物之奧의 '오奧(속)'란 곧 피안의 세계를 가리키는 말이다. 피안彼岸은 장자莊子 BC 369년경~BC 289년경가 또 이야기한바 도에 이르러서는 모든 게 하나로 이루어져 통하게 되는(도통위일道通爲一) '위일爲一'의 지극함이 있다는 것이었다(『장자』「제물론齊物論」). 피안이란, 보편적인 영원한 세계에 일체를 맡겨 둔다는 뜻이다. 통달한 사람은 모든 것과 어우러져 한 가지로 돌아감을 안다는 것이었다(유달자지통위일唯達者知通爲一). 세상의 이치 속에는, 말하자면 보아도 보이지 않고, 들어도 들리지 않고, 만져도 만져지지 않는 이른바 '위일爲一'의 형이상적인 무형無形을 끌어안은 ('오奧') 요체要諦가 들어 있었던 것. 그렇다면 시인은 이제부터는 무엇을 다시 말해야 하겠는가. 온갖 대상이 이쪽으로 밀고 오는 그 환상이겠는가. 사물이라면 사물에 대한 물신物神일 것이며, 사물의 배경이라면 열악하기 그지없는 정령숭배로서의 비합리적인 신상神象에 대한 명세서가 아니고 무엇이겠는가. 물론 신神을 향한 믿음은, 신神의 형상을 따르지 않는다. 형상은 물형物形에 매여 있는 단면일 뿐이므로.

2

바깥에 있는 것은 상황[즉, 현실] 그것뿐이다. 그 말을 남겨 놓고 시인은 어디론가 사라져 버렸다. 이는, 횔덜린Friedrich Hölderlin 1770년 ~1843년의 「회상回想」을 읽고 난 뒤의 독후감이다. 음악을 망치는 것은 음악에 대한 연주자의 기교이다. 시를 망치는 것은 시에 대한 시인의 기교이다. 사랑을 망치는 것은 사랑에 대한 인간의 기교이다. 바깥에 펼쳐져 있는 것은 상황 그것뿐이므로. 시인의 시적인 표현은 마땅히 서툴러야 하리라. 이는, 시인의 생각이 서툴러서가 아니라 시인이 표현하는 말 자체의 한계 때문이다. 말을 믿어서는 안 된다. 따라서 말의 의미만을 따라다니는 시는 실패하기 마련이다. 시인이 은유를 말하는 까닭은 그 때문이다. 시인은 결코 판단하기 위해 시를 쓰지 않는다. 삶은 판단의 기준으로 이루어지는 것이 아니다. 그래서 일찍이 장자는 '좌망坐忘'을 이야기했던 것("형상을 떠나 (마음의) 지각을 버리고, 모든 차별을 넘어 도에 동화되는 것, 그것을 좌망이라고 한다"(이형거지 동어대통 차위좌망離形去知 同於大通 此謂坐忘 —『장자』「대종사大宗師」)). 시인이 맨 먼저 버려야 할 마음은 허영심이다. 허영심이 현상을 가로막는다(허영심이 시인의 마음을 더럽힌다). 시의 아름다움은 말로 드러나지 않는다. 아름다움은 아름다움을 내버려 두어도 저절로 드러난다. 종교가 오염되는 까닭은 인간의 인지[혹은, 분별] 때문이다. 도법자연道法自然이 아닌가(『노자』 25장). 시인의 말이 언어 유희에 물들어서는 안 되는 이유가 여기에 있었던 것. 시는 인지적인 언어 유희를 따르지 않는다.

3

본질은 (내) 마음의 꼭짓점에 붙어 있다. 그러나 이 본질을 쳐다보기 위해서는 자연과 영혼의 조합이 하나라는 점을 먼저 이해하지 않으면 안 된다. 인간의 감각은 그 감각을 뛰어넘은 예지豫知와 더 깊이 연결될 뿐 아니라 때로는 뜻 없는 기억 저편으로 건너가 좀 더 내밀한 선험先驗과 함께 뒤섞인다. 이때의 선험이란 경험 앞에서 그 경험을 규정하는 정당한 설의設疑였던 것. 선험은, 혼돈이 아닌 예지자의 초합리적인 언명으로 몸을 바꾼다. 선험은 어둠이 아닌 (시인의) 각성이었으므로. 꽃을 보라. 꽃을 깊이 들여다보면, 그 꽃은 어둠과 빛의 조응에 따라 움직이는 깊디깊은 정령의 선율旋律과 결부돼 있었던 것. 그 같은 선율은 분명 보이지 않는 세계[즉, 존재의 심연]로 건너가는 실체적 진실의 예증이었던 것. 존재의 심원한 원리가 거기 있었던 것. 삶이란 그래서 유장한 것이 아닌가. 이 순간 내 곁으로 달려와 나를 옹립해 주는 저분은 대체 누구란 말인가. 시는, 그런 만큼 그것들 투명한 직관을 데리고 오는 영매靈媒와 눈을 맞추지 않으면 안 된다. 시인의 입술에 닿은 초월적인 관능은 그만큼 생생했던 것. 따라서 실체적 존재의 진실을 추구하는 시는, 삶의 고양高揚을 떠받쳐 온 생기가 어디 있는가를 끊임없이 캐묻지 않을 수 없다. 맹자孟子 BC 372년경~BC 289년경는 이렇게 말했다; "삶은 또한 내가 바라는 것이지만, 그 삶보다도 더 귀히 바라는 것이 있기 때문에 구차하게 얻으려고 하지 않는다. 죽음 또한 내가 미워하는 것이지만, 그 죽음보다도 더 깊이 미워하는 것이 있기 때문에 환난을 피해가지 않는

다"(생역아소욕야 소욕유심어생자 고불위구득야 사역아소오 소오
유심어사자 고환유소불피야生亦我所欲也 所欲有甚於生者 故不爲苟得也 死亦我
所惡 所惡有甚於死者 故患有所不辟也—『맹자』「고자장구상告子章句上」제10
장). 시인은, 그렇다면 이제 어떻게 물질과 정신의 양면을 건너 실체
의 원점으로 돌아갈 수 있겠는가(위 문장은 필자의 「오십 보 백 보 /
시와 『맹자』」에서 다시 인용한 것임. 『시문학』 2022년 4월호, 통권
609호). 이처럼 시인은 시를 통해서 존재의 실현을 꿈꾼다. 신명神明
이든 정령精靈이든 우주적 존재의 필연은 그렇게 존재했으며, (모든
존재는) 자기 존재의 한계를 그렇게 뛰어넘고 있었던 것. 좀 더 깊게
말하자면, 시는 아무것도 없는 먼 하늘의 뇌우雷雨를 붙들고 달려온
다. 뇌우는, 그러니까 다른 말을 하지 않고 우리 곁에 있는 '지금-이
상황'을 얘기하고 있었던 것이다.

4

시인의 적은 시간이 아니라 그 시간에 대한 관념이었던 것. 아름다
움-진실성마저도 그는 하염없는 관념으로 치부해 오지 않았던가.
사람들은 덩달아 자연의 사실적인 근거까지도 소비재로 남용해 가
면서 가장 자연스러워야 할 행복을 비현실적인 술어의 축약으로 가
둬 놓는 우를 범하고 있지 않았던가. 관념은 삶에 대한 통찰을 방해
할 뿐 아니라 간단하게 말해야 할 부분을 심리적 대상의 허공 한복
판으로 끝없이 늘려 놓는다. 관념으로는 시간의 화음을 감지할 수
없다. 관념적인 시간은 되돌아오는 시간을 알아채지 못한 채 시간

의 불협화음[혹은, 몽환夢幻]만을 드러낼 따름이다. 그곳에 묻힌 불투명한 시간은 현재의 질質에 대한 지각을 끌어안기는커녕 저쪽에 있는 대상의 불확실한 표상만을 수소문하곤 했으므로. 관념은 그 관념을 끌고 가는 시간의 보폭과는 무관하게 날마다 추락하는 시간의 환영 뒤쪽으로 물러나 몸을 숨긴다. 이른바 삶을 끌어안고 있는 실체적인 진실을 공공연하게 굴절시켜 놓았던 것. 본래 시간은 유한한 것이다(시간은 영원에 의해 제한돼 있기 때문이다). 따라서 (시인의) 마음의 계기성契機性을 밝히기 위한 것이라면(말의 심리적인 이해력을 표현하기 위한 것이라면) 시간의 마디마디에 따라붙는 미분화의 진행[즉, 시간의 정당화]을 항시 의식해야 하리라. 해석은 존재 영역의 빈틈에 대한 분석이 아니라 존재의 다양한 방식에 대한 연상 활동일 뿐이다. 그것은 인생의 전체성에 대한 물음이며, 세계 안의 현실적인 단면에 대한 물음이다. 물론 현실은 인지 가능한 대상의 존재론적인 모든 현상과 결합한다. 시가 형이상形而上의 다른 직관과 제휴하는 까닭은 여기에 있다. 신神은, 저쪽 피안으로부터 인간을 찾아오지 않는다. 현실 바깥쪽에는 신神은 없다. 인간은 어리석게도 자기 자신을 비非본래의 다급함 속에 몰아넣고 살아갈 뿐이다. 본래적인 삶의 질質을 찾기 위한 것이라면, 그것은 무한한 우주 공간의 무의미함이 아니라 유한한 시간의 유의미한 현실 문제를 최우선으로 살펴야 하리라. 하늘 [혹은, 신神]은 의미를 말하지 않는다.

5

의미라는 것도 실은 환상이며, 대상의 형상이 그렇듯이 비본래적인 관념일 뿐이다. 우리는, 그동안 저것이 무엇인지도 모르는 비자립적인 형태의 소용돌이 앞으로 다가오는 상황을 현실이라고 믿어 왔다. 이는, 이 세상의 모든 존재와 사실의 진위문제에 관해서 형식적인 막연함으로 의식해 왔다는 뜻이다. 예컨대 종교와 과학에 대한 맹신이 그것이었다. 존재는 '본질 이상'이라는 인식론적인 변모가 그래서 나타났던 것. 자연·신神·생명·언어에 대한 초감각적인 지각을 얻기 위해서는 두말할 것도 없이 (시인의) 직관에 의존할 수밖에 없다. 직관이야말로 세계이해에 대한 불명확한 흔적-불완전한 이미지를 털어 낼 수 있는 영혼의 견인력이었던 것. 직관은 그러기에 사물들의 개별화 뒤쪽에 숨은 세계지향의 유대紐帶[즉, 시간과도 같은 타자의 무게]를 끊임없이 꿰뚫어 본다. 이때는 자기 자신이 자기 자신에게 매몰된 속박을 벗겨 내는 순간이다. 그런 다음에는 시인은 '나는 나 자신이다'는 착각에서 벗어나 외부 현실을 향한 삶 자체의 담금질로 나아간다. 마침내 직관은 상상의 반복과는 달리 진리에 대한 긍정적 성향의 자율성까지 복원해 내는 초월의 지극함으로 대체된다. 시인의 말은 비로소 신념과 미망의 매개항項을 건너 실제적인 말의 반작용[즉, 낱말의 무의미성]으로 거듭난다. 시인의 정신이 순결해지는 것은 이때부터다.

6

역설적인 표현이지만 시는 시를 내버릴 때 시가 돌아온다. 시는 형태가 아니며, 마음도 아니기 때문이다. 즉심시불卽心是佛이 아니다 (『화엄경華嚴經』). 대상의 신비에 관한 설득도 아니다. 유有는 유有일 뿐이며, 무無는 무無일 뿐이다. 무無는 무無에 대한 어떠어떠한 생각을 통해서라도 그것을 포착할 수 없다. 말 또한 말의 진술로써 말을 다 이뤄 낼 수도 없다. 마찬가지로 진리는 진리에 대한 부정적인 명제로 진술될 수 없으며, 진술돼서도 안 된다. 시인의 말은 그런 까닭에 진리의 사실적인 판단보다는 진리의 작용에 대한 의미를 따져 물을 뿐이다. (내) 눈앞으로 떠올라온 사물은, 진리가 아닌 현상의 일반적인 사안에 묻혀 있는 것들이므로. 나는 장미꽃을 보더라도 장미꽃의 일반적인 모습(색채·형태·조직)만을 바라볼 뿐이다. 장미꽃으로 해서 일어날 수 있는 개현開顯은 인간의 의식이 아닌 장미꽃의 소관에 따른 변양에 묶여 있는 까닭에. 매순간 어쩌면 우리는 잘못된 존재 유역의 오류만을 쫓고 있는지도 모른다. 도대체 우리 인간이 알고 있는 것은 무엇이며, 오늘은 또 무엇을 향해 발걸음을 옮겨 가야 할는지도 불분명하지 않은가. 우리는 무언가를 알아내고자 하는 지각 하나를 붙들고 자기 자신의 운명을 정당화해 가면서 살고 있지 않은가. 길은 어디 있는가. 사실상 우리에게는, 우리가 인간답게 살아가는 힘이 어디 있는가를 물어보는 일밖에 또 무엇이 남아 있겠는가.

7

그런즉 세상에 정말로 존재하는 것은 물질도 아니며, 신神도 아니며, 이름도 아닌 정신활동의 모나드Monad(혹은, 의식) 그것뿐이었다. 그 같은 의식의 적합성이 우리네 마음을 달래 주고 있었던 것. 그것은 또 공空이었던 것(원효元曉 617년~686년 『기신론소起信論疏』). 그러나 어떤 사물도 없이 존재의 현전 앞으로 달려오는 환각은 또 무슨 망량罔兩[즉, '그림자의 그림자'. 이는, 이원이중二元二重의 인지구조를 나타낸 말이다]이란 말인가(『장자』「제물론齊物論」). 보라. 현실의 단면은, 여전히 만물의 유전流轉과 변화의 순환성에 결부된 채 움직이고 있지 않은가. 눈에 보이는 세계관은, 그런데 눈에 보이지 않는(형이상학적인) 우주 규범의 근사치만을 허용하고 있는바. 바로 이곳에 있는 은유는 지시대상의 특성을 드러내기 전 비非사실의 유희성에 맞물린 이미지만을 대동하고 있지 않은가. 그럴 때는 그 같은 이미지의 장식이 시를 망쳐 놓기도 한다. 철학이 그렇듯이 시가 은유의 울림에만 귀를 기울이는 것은 위험한 일이다. 문제는 아직도 수많은 시인이 유상有相[즉, 안식眼識]의 목록만을 따르고 있다는 점이다. 직감의 순수명령이 도리어 유상의 고유의미를 보완한다. 은유는 직감의 언어를 뛰어넘지 못한다.

8

나 자신마저도 가현假現이라는 의심은 불교의 오래된 법리였다. 장식藏識이든 아라야식阿賴耶識이든 존재 여부의 실정을 캐묻는 논리[즉, 유식론唯識論]는 무의미하다고 볼 수밖에 없다. 시는 반칙의 일환이다. 시는 명사와 동사의 구획을 한 몸에 품고 있는 자가당착의 인식론이기 때문이다. 이는, 자연을 자연스럽게 바라다보는 감응[즉, 인간과 자연이 함께 어울리는 포일抱一] 이외에 다른 인지력이 아니다. 그에 비한다면 기독교의 인지구조는, 두 범주의 갈등이 역설적인 상관으로 이어지기 때문에 가령 신神의 본성을 알아내고자 하는 접근에는 의당 유추 논법이 사용될 수밖에 없었던 것. 예수는 하나님의 아들인 동시에 하나님 자신이라는 본체론적인 고백이 그것이다(『신약』「마태복음」 3:17). 『주역』에서도 역시 가치의 이분화二分化는 철저히 배격되었다. 시는, 그렇다면 언제 어떤 질문을 통해 시인 앞으로 다가오는 것일까. 시인은 명사를 말하기 전에 그 명사에 녹아든 무제한 변수free variable를 본다[즉, "너는 꽃이다"]. 다음으로는 그는 거기서 관계relation를 본다[즉, "나는 꽃을 좋아한다"]. 그 관계가 추상으로 바뀔 때는 다시 관념concept이 나타난다[즉, "인간은 누구든지 꽃을 좋아한다"]. 시인일진대 그는, 바로 그때 최우선적으로 관념을 내버려야 하리라. 그때는 그는 그동안 자신이 입안해 놓은 명제의 연결사connective[즉, 연접conjunction·이접disjunction·함축implication]를 주목한다. 시는, 그러므로 세계-내-존재의 합종合從에 닿아 있는 현상들을 끌어당기거나 (다른 한편) 그로 인한 변형들을 더 멀찍이 밀쳐 내 두면 된다.

9

내가 내 생각을 이겨 내는 길은 내 생각을 끊어 내는 바로 그 순간에 나타난다(내 생각들이란 사실 불완전한 것이며, 옳지 않은 것인지도 모른다). 불교는 그러기에 망상을 끊어 내는 정관靜觀을 가르친다. 한편 노자는 그래서 포일抱一[즉, 재영백포일일載營魄抱一(『노자』 10장)과 고혼이위일故混而爲一(『노자』 14장)]의 의미망網을 특별히 강조했던 것. 그런 점에서 본다면, 시는 자연스럽게도 포괄 하나로 시숙時熟될 뿐이다. 객관(객관이 순수한 것이라면)은 대상들의 표상과 맞물린다. 그 순간 대상들은 내 두 눈으로 쳐다보는 직관의 물목들과 제휴한다. 그랬다. 시인의 허드레 생각과는 달리 지금부터는 그 직관이 시를 새롭게 써 나간다(시인의 의식은 바로 저와 같은 직관에 의존해서 세상을 바라본 것들이다). 그러나 문제는 여기에 있다. 직관을 과신하게 되면 사물의 경계가 무너진 틈바귀로 드러나는 대상들의 무잡無雜한 의미를 견디지 못하고 대뜸 허무감에 사로잡힌다는 점이다. 이때는 시인의 각성을 달리 불러내야 하는 시간이다. 은유는 물론 중요하다(은유는 시적인 낱말에 상징을 담도록 도와주는 비유이므로). 모든 것[즉, 전체]을 한꺼번에 말해 버리는 화법은 결코 시가 될 수 없다. 오류는 바로 저와 같은 문법의 독선을 두고 하는 말이다. 시인의 현실은 관조와는 또 다른 생각의 일면들이다. 빗방울의 한 빗금이 그의 현실이었던 것. 시적 대상의 물결은 한번 흔들린 뒤 시인의 지각을 통해 세상 밖으로 뛰어나간다. 이때는 그는 조금만 말하면 된다.

10

시인이 지금 바라보는 대상은 대상 그 자체를 드러내는 의미의 표상들이다[즉, 의미는 의미의 복선이다]. 아름다움이란 것도 따지고 보면 그 의미의 파장이 아닌가. 의미의 옳고 그름은 따질 문제가 아니다. 사물로부터 우주정신의 초월에 이르기까지 시인의 시적 호기심에 달라붙지 않는 대상은 없다. 물어 보자. 사물은 내 인식 건너편에 떨어진 별똥별이란 말인가. 내 시야에 들어온 물건은, 이를테면 인형·모자·유리컵·선풍기·냉장고·매트리스·화분·문갑·복사기는 그것들 나름대로 유용한 용품이다. 중요한 본질은 그러나 어떤 지각에도 붙잡히지 않는 허공 한복판으로 물러가 숨어 있지 않은가. 본성은 있으나 그 본성의 기질을 내 것으로 삼기까지는 더 엄혹한 시간의 절차를 기다려야 한다[즉, 본성의 항구성을 말해서 무엇하랴]. 대상의 의미 또한 그랬다. 대상은 애당초 의미의 화신들이다. 세상에는 단 하나의 의미[즉, 유일자唯一者]는 존재하지 않는다. 단 하나의 의미는 물론 진리가 될 수 없다. '유일'의 딜레마를 감추는 시적 표현의 장치는 곧 '이것-저것'을 한꺼번에 통합해 내는 함축이었던 것[즉, 두 명제의 결합은 함축으로 이어진다]. 양화量化quantification[즉, 변수를 양적으로 제한하는 집합]의 범위는 그만큼 넓은 것이었다. 낱말은, 어떤 때는 낱말 뒤쪽으로 물러난 뒤 오리무중에 빠지거나 혹은 어린애의 잠꼬대로 돌변하면서 아무것도 아닌 텅 빈 허공으로 확대된다. 이 공간을 들여다본 시인은 그 순간 물방울처럼 단순해질 수밖에 없다. 그는 존재론적인 대상이 하나[혹은, 끝없는 침묵]로 떠돌고 있다는 식으로 다시 말문을 연다. ▪

IV부

존재하는 것들은 모두 숨을 쉰다
—실체와 외경

1

존재는, 명사가 아니다. 동사다. 기독교의 가치관은 명사를 말하지 않고, 동사를 말한다. 하나님은 명사[즉, 물상物象]가 아닌 동사[즉, 물상화物象化]이기 때문이다. 예컨대 『구약』의 「시편」에는 다음과 같은 말이 나온다; "저는 여호와께 복을 받고 구원의 하나님께 의를 얻으리니"(「시편」 24:5). "여호와여 멀리하지 마옵소서 나의 힘이시여 속히 나를 도우소서"(「시편」 22:19). "여호와여 주의 능력으로 높임을 받으소서 우리가 주의 권능을 노래하고 칭송하겠나이다"(「시편」 21:13). "저는 여호와께 복을 받고 구원의 하나님께 의를 얻으리니"(「시편」 24:5). "내가 주를 바라오니 성실과 정직으로 나를 보호하소서"(「시편」 25:21). "여호와는 나의 빛이요 나의 구원이시니 내가 누구를 두려워하리요 여호와는 내 생명의 능력이시니 내가 누구를 무서워하리요"(「시편」 27:1). "여호와여 내가 주께 피하오니 나로 영원히 부끄럽게 마시고 주의 의로 나를 건지소서"(「시편」 31:1). 좀 더 자세히 말해 보자. 여호와 하나님께 받은 복과 의는, 그러나 이제부터는 하나님의 복도 아니며 하나님의 의도 아닌 어느덧 나 자신의 복이 돼 있고-나 자신의 의가 돼 있었던 것. 하나님의 의는 그런 까닭에 나 자신을 의롭게 '하시는' 그와 같은 하나님의 의였던 것이었다. 이는 달리 말하자면, 하나님의 본연은 하나님 자신의 사동성使動性에 있었던 것. 성실과 정직이 또한 그랬던 것이었다. 내게서 이뤄지는 구원은 그런즉 하나님으로부터 '오는' 구원이었던 것. 물어보자. 존재는 어디 있는가. 존재는 존재함으로 끝나지 않는다. 존재는 존재함의 실행을 통해서만 하나로 통합된다[즉, 존재함의 존재화였던 것]. 왜 그런가. 믿음은 그 믿음까지를 초월한다. "너희는 원수를 사랑하여라"(『신약』, 「누가복음」 6:29). 이덕보원以德報怨이었던 것(『논어』, 「헌문憲問」 제36장, 『노자』 63장). 하늘이야말로 길이었던 것(천내도天乃道—『노자』 16장). 이는, "천지가 있고 난 다음에라야 만물이 이곳에서 생겨난다"(유천지연후 만물생언有天地然後 萬物生焉)는 『주역』의 관점과도 흡사한 것이며(「서괘전상序卦傳上」), "어울림이 지극하게 되면 그 지극함으로 천지가 바로잡히며 그곳에서는 만물이 잘 자라나게 된다"(치중화 천지위언 만물육언致中和 天地位焉 萬物育焉)는 『중용』의 관점과도 흡사하다(「중용의 도」 제1장). 노자老子 BC 579년경~BC 499년경는 또 이렇게 말했다; "유有와 무無는 서로 생하고 낳으면서도 가지려 하지 않고 행동하면서도 기대지 않는다"(유무상생 생이불유 위이불시有無相生 生而不有 爲而不恃—『노자』2장). 다시 한번 말해 보자. 유有와 무無는 서로 상생한다. 기독교의 인지구조에서 바라보는 믿음은 '본질적인' 믿음 혹은 믿음이 믿음을 믿게 하는 '역설적인' 믿음이었다[즉, "너는 나를 보고야 믿느냐? 나를 보지 않고도 믿는 사람은 행복하다"(『신약』「요한복음」20:27~29)]. 믿음이란, 불가시不可視의 범주를 가시可視의 세계로 받아들이는 인식의 힘이었던 것. 이것이, 예수가 도마를 보고 지적한 그 '행복'의 지표였던 것[즉, 역설은 역설을 붙잡고 마침내 그 역설을 다시 사실로 되돌린다]. 기독교의 믿음은 '능동能動'이 아닌 '사동使動'으로써의 믿음이었던 것. 나는 누구인가. 나는 나라고 하더라도 '큰' 나는, 나 아닌 나[즉, 비아非我]와 나도 아니고 비아非我도 아닌 나[즉, 비비아非非我]를 포함한 나였던 것이었다. 그랬다. 신神에 대한 믿음 역시 꼭 그와 같은 믿음이었던 것. 이는, 그러니까 부재不在의 신神을 믿는 믿음이었던 것이다.

2

앞에서 나는 나 자신에 관해서 비아非我와 비비아非非我의 경계로 확대된 '나'라는 점을 이야기했다. 이는, 곧 나 자신과 나 아닌 세계의 의미영역이 진리의 손짓 안에 함께 머물고 있다는 의식을 두고 하는 말이었던 것. 그것이 아니라면, 우주론적·존재론적 의미의 출발점은 언제나 여기-이곳에 살아 있는 형질로써가 아닌 영원한 객관의 예외적인 표상 속으로 하염없이 빠져들 수밖에. 인간의 삶에는 그러나 하루하루 고통과 기쁨을 동반한—존재 필연성의 무한한 담론까지를 동반한 의미 변환의 변증법적 고양을 드러내며 자기 자신으로부터 거리를 취함은 물론 자기 자신에 대한 극복을 동시에 완성해 간다. 인간이 꿈꾸는 세계는 그렇더라도 그가 살아가는 세계가 아니기 때문이다. 물론 나 자신이 아닌 또 다른 세계의 존재 차원에 관한 판단을 나 자신의 세계관과 혼동해서는 안 된다. 나 자신 내면의 빛을 따라가다가 보면, 별들의 지평처럼 신神이라는 표현에 가까운 존재의 정황이 드러날 때가 있다. 그것이야말로 내 영혼의 내부에서 새롭게 점화되는 존재유형의 현실성이 아니랴. 그것이야말로 인간으로서 필연적으로 경험하는 자기 지향의 갈망이 아니랴. 보자. 지금은 저와 같은 인식 상황의 증거가 아니더라도 우리네 지각 앞으로 다가오는 사물들의 함의를 점검할 때다. 여기-이곳에 존재하는 것들은 모두 숨을 쉰다.

3

시간은 어디 있는가. 시간은 사물의 평면에 붙어 있지 않고 사물의 자승멱自乘冪을 따라 움직인다. 자승멱[즉, 곱절]이라니(b=√a 혹은 시간의 시간 $(시간)^2$). 이것이, 시간의 자승멱이다. 나는 어떤 글에서 이렇게 썼다; 시간의 시간은, 옆으로 흘러가지 않고 높이[즉, y축 또는 수직]로 쌓이는 시간[즉, 업業]이다. 그랬다. 시는 그러나 이 업인業因을 명상으로 뒤집는다. 사물은 인간의 편견과는 다르게 자기

자신의 유폐幽閉를 우주적 기강[즉, 천심天心] 속으로 멀리 펼쳐 놓는
다. 사물은, 요컨대 우주 영역화의 가장 확실한 기반이었던 것. 현
존재의 척도는 눈물겹게도 사물[이를테면, '먼지'와 '꽃'과 '나비'와
(…) '바람'들]의 내면에 있었던 것이었다. 그것들은, 그러니까 영원
한 존재의 유보임에 틀림이 없다. 그렇건만 사물을 건너다보는 인식
의 발현은 그 사물 곁에 붙어 있는 게 아니다. 사물들의 지선至善은
명상의 조칙詔勅을 받아 쥔 다음에 드러난다. 그러나 그 지선은 일종
의 충동일 뿐, 우주적 감응으로서의 지극함이 아니다. 사물의 지선
조차도 실은 시인의 명상을 통해 얼마든지 다르게 굴절될 수 있기
때문이다. 영원한 것이 있다면, 그것은 격물格物 뒤에 숨어 있는 일
순간의 지지知至에 닿아 있을 테니 말이다(『대학』 경經1장). 나는 다
음과 같은 시 「운명」을 이렇게 썼다;

　　장성에 사는 사람들은 장성을 떠나지 않았다

　　좁은 골목길 옷가게 마네킹처럼 서서

사실이 그랬다 ["장성에 사는 사람들은 장성을 떠나지 않았다"]. 왜
냐하면 그들은 순한 사람들이었으며, 자기 자신만으로도 충분히 (그
곳에서) 자족할 줄 아는 사람들이었으니까. 장성에 가서 내가 본 시
간은 꼭 하나였다. 그 열아홉 순정률純正律(필자의 시집, 『냉이꽃 집
합』 자작시 해설 중에서).

4

가령, 종소리를 들어 보자. 종소리는, 외경畏敬의 종소리가 아닌가. 외경을 잃어버린 문학은 문학이 아니다. 차 한 잔을 마시는 데에도 돌 한 무더기를 밟는 데에도 외경이 묻어 있다. 나무 한 조각이 타버리고 난 다음에는 거기에 외경이 남는다. 검은 잿빛이 아닌 외경 한 줌 말이다. 숨 한 번을 쉬는 데에도 거기에는 영혼이 깃들어 있지 않은가. 그것은 존재함의 기품이며, 존재함의 외경이었던 것. 삶의 맥락으로 보건대 외경이 없는 시적 존재의 설정은 진리 추구의 실천적 보증을 방해할 뿐만 아니라 터무니없는 감각적 욕망에 사로잡히는 허영일 뿐이다. 시는, 다만 진리를 바라보는 순수한 영혼의 조정調整에 힘입은 실체적 진실의 움직임 그것을 보여 준다. 시는, 나 자신의 감각적인 만족 저쪽 편에 있다. 이를테면 니체F.Nietzsche 1884년~1900년의 생각이 그렇듯이 힘에의 의지[혹은, 영원회귀] 저편 말이다(『차라투스트라는 이렇게 말했다』). 시적 존재란 다른 말이 아니라 존재[즉, 조화]의 기쁨으로 돌아가는 충일감을 두고 하는 말이다. 그것은 또 다른 말로는 삶의 기쁨이었던 것. 시는, 그 기쁨을 담는 무한의 크기였던 것. 시는, 결국 삶의 가치를 추구하는 해석의 변경에 있었던 것. 그동안 외경 그 자체가 삶의 위조를 탄핵하고 있었던 것이었다.

5

우리가 유의미라고 생각하는 의미의 공간화는 근거 없는 서로 다른 체계로 널브러지지 않고 소위 변증법적인 과정을 통해 그렇게 끊임없이 인지돼 왔다. 물론 무의미를 의미 있는 표면의 성층화로 가장하여 부재의 결함까지를 초연함으로 호도해서는 안 되는 일이다. 인간의 정신은 때때로 매직처럼-망각처럼 요술을 부릴 때도 허다했다. 의미의 구성체로 본다면, 사실의 불충분함이 영원한 자연의 결속인양-진리와의 접속인양 의미 강화의 대안으로 예시된 바도 없지 않았다. 물질은 표현을 앞지른다. 그러한 물질도 원칙적으로는 존재하지도 않는 부재의 표상과 결합할 때도 있다. 이는, 고유의미의 제스처-전략과는 또 다른 이야기다. 그랬다. 시는 그런데 의미공간을 벗어난 뒤 어떤 감각·이미지를 데리고 무엇을 나타내 보여 주려 하는 것일까. 그 같은 지침과는 달리 은유·상징은 또 어떤 진리 체계의 윤곽을 담아 내려 할 것인가. 돼지를 보고 준마로 오인해서도 안 될 것이며, 석등을 보고 부처로 오인해서도 안 될 것이다. 진흙길을 걸을 때는 진흙을 보아야 하며, 비비상非非想을 바라볼 때는 유정천有頂天을 보아야 하리라. 진정한 근원은 어디 있는가. 현실이다. 현실이 영원한 근원이다. 『예기』를 가리켜 도적의 계율이라 힐뜬어서는 안 된다. 베옷 속에다가도 얼마든지 진주를 감출 수가 있다. 그랬다. 시인의 낱말 속에는 개념이 아닌 형상적인 황홀[혹은, 필연]이 깃들어 있지 않은가. 그의 말에는, 그러니까 어떤 의미에 휩싸인 안심이 아닌 의미 자체를 뛰어넘은 현존의 기쁨이 들어 있다. 그의 말속에는 실체화의 움직임[즉, 존재의 빛]에 이끌린 흔적 하나가 반사되고 있을 뿐이다.

6

"아는 일도 천천히, 모르는 일도 천천히". 『주역』에서는 이를 가리켜 ☶ 풍산점風山漸(쉰세 번째 괘)이라고 말한다. 우리네가 쳐다보는 희망 역시 저러한 길을 밟고 오리라. 그랬다. '천천히'[즉, '차츰' 점('漸')]는 아마도 좋은 대안일 것이다. 말하자면, 자연[혹은, 시간]은 그러한 표본이다. 나무가 그렇게 자라나고, 꽃이 그렇게 피어오르지 않는가. 그렇건만 우리네 마음속에 남는 감정은 쉽게 없앨 수가 없다. 그런가 하면, 우리네는 노력하면서도 과거로부터 쉬이 벗어날 수도 없다. 조망하건대 인간의 영혼[혹은, 초超의식]은 아무런 목적도 없이-인격과의 대화도 없이 우리네 삶을 사로잡고 있기 때문이다. 사실상 열등 기능인 감각과 감정이 고결한 정신과의 화응和應 없이 터무니없는 환상들-방만한 이미지 관행들-고정 관념들과 뒤섞이면서 함부로 의식의 스펙트럼을 흔들어 놓아 삶 자체의 경외감마저 방해하고 있으니 말이다. 이 같은 형용들은 때때로 악에 대한 편견에 휩싸이면서 인생의 의미를 단지 즉흥即興·즉답即答으로만 몰고 간다. 이는, 그렇거니와 시인의 의식 형성이 맨 먼저 경계하지 않으면 안 될 본질적인 트라우마trauma[즉, 심리적 외상外傷]가 아닐 수 없다. 그랬다. 시인일진대 그는 맨 먼저 세계이해의 외경심畏敬心을 배워야 하리라. 자아 성찰의 환원은 그래서 나오는 말이다. 시인의 순수한 정신은 요컨대 물질과 정신 사이의 그 초월 공간에 존재하며, 그곳에서 그는 자기가 자기 자신이 되는 영혼의 지도를 그린다. 그런 다음에는 그는 비합리-비현실의 영성靈性 세계 한복판으로 천천히 걸어 들어가도 좋으리라. 인간은 원천적으로 자기 자신 혼자가 아니지 않는가. 나는 언제나 자기 자신 안에서 '나'[즉, 주체]와 '당신'[즉, 객체]이 결합한 이른바 야누스의 얼굴을 내보이는 은유적 존재가 아닌가.

7

'나'는 그런 까닭에 '나'라는 역할의 충만에 사로잡힌 그런 명사적 존재로부터 어느 정도 문법적 유희를 따라 어디론가 항상 움직여 가는 그런 동사적 존재로서의 위의威儀를 갖춘 인격체다. 그러기에 시인은 매양 의미를 갖는 언어보다도 먼저 무의미에 닿은 낱말의 리듬을 입술에 물고 필요불가결한 담론으로써의 은유를 빛처럼 활용한다(물론 그렇더라도 은유는 말의 오용誤用을 뛰어넘지 못하고 은유로 인한 카타크레시스catachresis에 빠질 때도 있다. 그동안 낱말의 의미를 무력화시켜 온 은유가 도리어 그 은유의 남용으로 인해 요컨대 의미를 참칭僭稱한 나머지 스스로 함몰되기 때문이다). 은유는 의미를 나타내는 직설과는 다르게 사실의 계시성啓示性 그것 하나만으로 만족할 줄 알아야 한다. 은유는 그림으로 치자면 소묘素描와도 같은 필법이다. 우리네는 하루를 살더라도 만년처럼 살아가고 있지 않은가. 하루가 진리였으며, 하루가 만년이었던 것이었다. 말하자면, 저와 같은 진정성의 함량을 두고 우리는 그것을 은유적인 표현이라고 말한다. 한 개의 선행은 만 개의 선행과도 같은 함량이었으므로. 아리스토텔레스Aristoteles BC 384년경~BC 322년경는 저와 같은 용어를 가리켜 생명을 부여할만한 응용력이라고 말했다(『시학poietike』). 시인에게 있어서는 사실상 사물들의 용량이 또한 그랬다. 사실대로 말해 보자. 은유로는 실체의 고유한 형체를 나타낼 수 없다. 은유는 사실-현상의 모방일 뿐이므로.

8

비약이 없는 상상은 언어에 종속된 인간의 삶을 그대로 반영할 뿐이다. 시인은 이러한 비약의 논리에 토대를 둠으로써 사물의 이면에 드리워진 본질을 향한 시적 탐구의 여정을 실천하는 사람이다(오홍진의 「당신의 환부患部, 생명의 터전—안수환의 시」 필자의 시집 『그 사람』의 해설 중에서). "귀납은 오래 기다려야 한다 / 결론을 얻기까지 기다려야 한다 / 수직이 아니니까 폭포가 아니니까 / 하늘에서 내려온 동아줄을 붙들고 대롱대롱 매달리는 축복이 아니니까 // 나는 꼬리를 내렸다 / 꼬리를 내리다 못해 꼬리가 아주 떨어져나간 것 / 겸손을 배우자마자 이번에는 / 뛰어난 선동가가 하늘로부터 내려와 내 곁에 자리를 잡았다 / 그의 이름은 비약이었다 / 다시 말하자면 심미적 판단력이었다 // 내 몸은 그의 숙주라는 것"(필자의 시 「폭포」 전문). 비약이란, 비약의 내밀한 순간을 포착하는 관점을 두고 하는 말이다. 비약이 없는 시의 숨결은 지루할 뿐이며, 공연한 언어유희와의 유착癒着일 따름이다. 시는, 시인 자신으로서의 경험을 통해 얻은 은유의 날인捺印이 아닌 좀 더 본질적인 영성靈性-우주정신의 소환[혹은, 그것들과의 접촉]이었으므로. 그러므로 지금까지 그가 지켜 온 겸손은 그가 시로써 써 내려온 의식상의 비약과 자연스럽게 한 몸으로 겹쳐 있었던 것. 그럴진대 비약의 정취는 그러나 결코 사물의 (객관적인) 충일 이외의 또 다른 의미체계의 표상에 닿아 있는 여백이 아니다. 비약으로써의 숙의宿意는 선입견[혹은, 자의성恣意性]과는 달리 보이는 세계와 보이지 않는 세계에 대한 인식 주체의 판단을 고유의미 뒤쪽으로 멀찍이 유보해 놓는다. 시인의 의식은 맨 먼저 몰입에 잠긴 채 객관의 정황을 도외시하는 그 같은 위험으로부터 자유로워야 한다. 진리의 존재 방식은 객관의 소관 아래 있는 법이다. 그런 다음의 순번을 따라 시인은 천인합일의 자득自得을 이야기한다. 시적 표현의 생명력은 거기에 있으므로.

9

앞의 8장에서 나는 시적 표현의 추단推斷에 따른 의미체계의 여백이라는 말을 했다. 의미체계란 곧 의미를 지닌 표상으로 드러나는 관념을 두고 하는 말이다. 그렇건만 시인이 바라보는 표상은, 의미의 연속적인 전도傳導가 아닌 진작에 명사로 굳어진 음신音信들이었던 것. 급기야 관념은 의식의 각진 허구로 일관할 뿐이다. 그러나 의식에도 사실은 일정한 휴식이 필요했던 것. 그러기에 시인에게는 은유적 표현 활동이 아닌 객관화의 실체 앞으로 먼저 다가가는 시간이 요구됐던 것. 실체는 목소리를 내지 않는다. 물속에 잠긴 달은 달이 아니다. 실체 앞으로 다가앉을 때 그는 비로소 말수를 줄이며 경건해지게 된다. 의상義湘 625년~702년은, 일찍이 그가 쓴 『법성게法性偈』

에서 이렇게 말하고 있다; "망상을 깨버리고 쉬지 않는 한 (우리는) 아무것도 얻을 것이 없다"(파식망상 필부득叵息妄想 必不得). 그랬다. 시인에게는 그가 시인일수록 무주심無住心의 마음이 필요했던 것이었다.

10

시인의 안목 앞에서는 실체와 그 실체에 관한 상상이 하나가 아닌 일만이었던 것. 이는, 상상의 실행이 실체의 꼬리를 물어뜯는 여운餘韻-연상聯想 때문이다. 달리 말하자면, 세계이해를 따라가는 상상력이 표상들의 명암[즉, 실물의 차원]을 실측하려 하기 때문이다. 시인 오규원吳圭原 1941년~2007년의 시 「바다에 닿지는 못하지만」을 읽어보자(시선집 『사랑의 技巧』 1975년, 민음사);

멸망하지 않는 그대의 꿈일지라도
멸망하지 않는 것은 아름다움이 아니다.

저기, 멸망이라는 말을 모르는 바다.
멸망이라는 언어를
완전히 잊어버린 바다의 슬픔을
해변의 때찔레꽃이 오늘도
울며 대신 떨어진다.

매일

그 뜻을 전하러 바다로 가는 소리.

그대, 돌아오지 마라

누구도 바다에 닿지는 못하지만

바다에 가면

누구나 옷벗은 사람끼리 만나리라.

위 시에서 시인이 말하는 "바다"의 실정은 요컨대 그 "바다"가 바다로써 일러 주는 "멸망"의 기화에 대한 역리적逆理的인 안타까움이다. 그러함에 불구하고 그가 말하는 "바다"는 소멸할 줄 모르는 무변無邊의 무량겁無量劫에 닿은 바다인 만큼 "아름다움이 아니"라는 것이었다. 그 같은 "바다"의 위엄은, 달리 말해서 삶의 결여였던 것. 그 같은 "바다"의 신화적인 표상은 아름다움이 아니기 때문이다. 그러기에 "해변의 때찔레꽃이 오늘도 / 울며 대신 떨어진다"는 것이었다. 이는, 좀 더 깊이 들여다보자면 삶의 주형화鑄型化를 감춘 당액糖液과도 같이 우리네 삶[즉, "옷벗은 사람"]에 붙어 공연히 넘실거리고 있을 테니까. 그러니, "해변의 때찔레꽃"의 낙화가 그 "바다"의 오만[즉, "멸망이라는 말을 모르는 바다"]을 달래 주는 것이 아니랴[즉, "그대, 돌아오지 마라 / 누구도 바다에 닿지는 못하지만"]. ■

천지간 만물은 서로 감응한다
—말과 시간

1

애당초 말[즉, 소리와 의미의 조합]이란 자연-로고스-모방이 하나로 결합하는 인식의 연결고리를 두고 하는 말이다(아리스토텔레스 Aristoteles BC 384년경~BC 322년경의 『시학』). 말을 통해 우리의 눈빛은 밝아지고, 말을 통해 우리가 바라보는 세계이해의 모음들은 좀 더 새로운 방향으로 옮겨지면서 해석되고 있었던 것. 이른바 존재의 실정이 더욱 명료해진 의미의 진행을 주도하고 있었던 것. 정말로 그런가. 말이란, 존재의 본질을 드러내는 실유實有의 도구란 말인가. 허나, 말이란 언어의 공허한 표상이 아닌가. 그런즉 시인은 그 같은 언어실행에 대한 집착을 먼저 내버리는 일을 배우지 않으면 안 되리라. 우리가 바라보는 수많은 사물은, 좀 더 찬찬히 들여다보면 그것들은 그쪽에서 진리를 참칭僭稱하는 부유물이 아니었던가. 그랬다. 언어는 무한으로 연장되며, 말로 다 표현할 수 없는 끊임없는 부재의 '부재-은유'를 담아내고 있었던 것이다. 이것들은 다 개념·유추의 변수variable였던 것. 달리 말하자면, 개념·유추가 자연이 보여 주는 자화自化의 의미를 벗겨 내고 있었던 것이다. 노자老子 BC 579년경~BC 499년경가 말하는 '아무런 말도 없이 스스로 그러한 말'(희언자연希言自然)이란 바로 그에 대한 대비에서 나온 말이다(『노자』 23장). 진리를 무효화시키지 않는 한 우리는 진리를 만나볼 수 없다(도가도 비상도 명가명 비상명道可道 非常道 名可名 非常名—『노자』 1장). 말의 본연은 말에 있는 것이 아니다. 말보다는 인생이 먼저 앞에 있는 것이었다. 말하는 주체가 없이는 진리는 따로 딴 곳에 존재할 수가 없었던 것(인능홍도 비도홍인人能弘道 非道弘人—『논어』 「위령공衛靈公」). 시인은, 그렇다면 말을 뛰어넘는 말[즉, 침묵=말의 말=(말)²]을 다시 말해야 하리라. 그는, 빈말을 말하지 않는다.

2

그러므로, 직관이 없는 시인의 말은 쉽게 허언·망령에 빠진다. 말하는 시인의 마음이 시인의 말보다도 먼저 있기 때문이다. 직관이란 마음의 울림을 두고 하는 말이다. 천지간 만물이 서로 감응하는 것은 이 마음이 있기 때문이다. 이는, 음양陰陽의 대대-동정動靜의 대대-생사生死의 대대와도 같은 것이었다. 말과 침묵의 호응도 그렇게 움직였다. 말은 침묵을 끌어안고 있으며, 침묵은 말을 끌어안고 있다. 『주역』의 ䷞ 택산함澤山咸(서른한 번째 괘)은 이렇게 말한다; "교감을 이뤄내면 형통하게 된다. 올바른 삶을 살아간다. 여성을 만나 결혼하게 되면 길하리라"(함 형 이정 취녀 길咸 亨 利貞 取女 吉—「괘사卦辭」). 시인은 말을 하더라도 그 말의 유희성遊戲性[즉, 무책임한 말]에 정신을 놓아 버려서는 안 된다. 말을 희롱하게 되면 악에 빠진다. 악이란 곧 말의 탕진이다. 시인은 왜 실체-실재를 곁에 놓아 두고 은유·상징을 말하는가. 그것은, 그러니까 그동안 실체-실재가 감춰 두었던 원초적인 의미[즉, 본질]를 복원해 내려는 형이상학적인 욕망에 사로잡혀 있기 때문이다(이때, 시인은 그곳에서 기쁨을 느낀다). 앞에서 내가 이야기한 직감이란 바로 현상과 본질이 만나는 감응에 대한 심리작용이었던 것. 의미와 무의미의 차별 또한 그렇게 움직였다. 의미와 무의미는 둘이지만, 그러나 둘이 아니다. 의미의 내연內延[즉, 내면화]과 외연外延[즉, 추상화]도 그와 같은 내재적 의미의 공간화로 함께 움직인다. 풀잎과 은하수가 함께 묶여 있듯이. 천지간 만물은 서로 감응한다.

3

감응이라니. 감응이란 곧 존재의 바탕[즉, 전체성]을 내다본다는 뜻이다. 달리 말해 보자. 그것은, 마음·직감을 백분 활용하라는 뜻이다. 지금은 이분二分[즉, 두 마음: 주체와 객체]이 사라진 마당인데 도대체 누구의 마음·직감이란 말인가. 불가의 가르침을 빌어 말해 보자. 그것은 반야般若의 몫이었다. 반야는 깨달음의 내용인 다르마

dharma[즉, 연기緣起: 인연 따라 일어나는 상호 연결]를 두고 하는 말이다. 『주역』에서도 그것을 상호의존적인 변화[즉, 상응]라고 이야기한다. 이 세상에는 자기 홀로 존재하는 실체는 없다. 무상無常과 무아無我만 있을 뿐이다. 그런즉 연기로 인한 현상[즉, 조건] 앞에서 우리는 무엇을 분별할 수 있겠는가. '몸'이라는 것도(색色), '느낌'이라는 것도(수受), '생각'이라는 것도(상想), '의지'라는 것도(행行), '인식'이라는 것도(식識) 따지고 보면 모두 오온五蘊의 가현假現일 뿐이다. 주체와 객체라는 실체적 존재가 따로 존재하는 것이 아니다. 제법무아諸法無我이며, 제행무상諸行無常이었던 것이다. 그렇다면, 우리는 이와 같은 유무 상관의 본체적 가합假合을 바라보면서 무슨 말을 해야 하는가. 본래 이름과 형상은 고정돼 있는 것이 아니다. 우리는 연기의 비본질적인 전이轉移를 뒤따르면서 살아간다. 시인은 누구인가. 그는 어떤 사물이든 무슨 생각이든 그것에 관해서는 결코 확정적인 단정으로 꾀하지 않는다. 극단은 없다. 그러기에 시인은 내 마음-내 직감에 따른 무분별을 바라보면서 시를 쓴다. 그는 어느덧 집착으로부터도 자유로운 삶을 얻게 되었던 것.

4

보자. "천지간 만물이 서로 감응한다"는 이 말을 현대과학의 관점으로 보게 되면, 그저 허무맹랑한 잠꼬대로밖에는 들리지 않는다. 만물은, 무엇이든지 살아서 꿈틀거리는 생명체란 말인가. 그렇게 본다면, '존재의 환원'이란 말도 실은 가당찮은 허언일 수밖에. 자연법칙이란 원론이 애당초 성립될 수 없기 때문이다. 이곳에서는 시간과 공간마저도 신神이 없는 우주론적 노폐물일 따름이다. 전혀 그렇지 않다. 노자는 이렇게 말했다; "사람은 땅을 본받고, 땅은 하늘을 본받고, 하늘은 도를 본받고, 도는 자연을 본받는다"(인법지 지법천 천법도 도법자연人法地 地法天 天法道 道法自然―『노자』 25장). 이른바 '도법자연道法自然'이었던 것. '자연'이란 그런즉 자연에서 일어나는 '그러한' 생기生起를 두고 하는 말이다. '생기生起'가 '상응相應'이었던 것. 노자가 말하는 "(도道는) 함이 없으면서도 하지 아니함이 없는"(도상무위 이무불위道常無爲 而無不爲―『노자』 37장) 무불위無不爲의 '초연함=자화自化'[즉, 초월 혹은 하이데거M.Heidegger 1889년~1976년가 말하는 존재의 존재 (X)²]는 그렇게 피어올랐던 것이다. '초월'은 인위적인 작위作爲가 아니다. 초월은, 그러니까 '자연스럽게' 그렇게 펼쳐지는 움직임을 두고 하는 말이다. 그 같은 움직임이 노자가 말하는 '도道'였던 것. 만물이 서로 감응하는 무불위無不爲의 반응 또한 그렇게 움직이고 있었던 것이다. '이것'과 '저것'의 동시적인 결합. '있음'과 '없음'의 동시적인 결합. '가可(긍정)'와 '비非(부정)'의 동시적인 결합. 그곳에는 실로 이분二分이 없는, 하나도 없고 둘도 없는 (무일무이無一無二) 진여眞如의 세계[즉, 형상에 머물지 않는 영혼]만 남아 있을 뿐이다.

5

이는, 의미의 존재 방식이 의미에 속하지 않는다는 뜻이다. 그렇다면, 결국 무의미란 말인가. 무의미가 아니다. 저러한 논법의 이분二分에 사로잡히지 말라는 뜻이다. 무슨 말인가 하면, 의미는 의미의 계기성[혹은, 전제前提]에 매달리지 않을 때라야 비로소 의미를 띠게 된다는 뜻이다. 그때라야 의미는 의미에 붙잡히지 않는다. 의미가 여럿이 있을지라도 그들 의미를 통일하는 의미는 없다. 어떤 의미가 나타나는 의미의 본연은 항상 동일한 것일 수가 없기 때문이다. 그런 점으로 본다면, 의미는 현상의 일환일 뿐이다. 현상은, 시간이므로—바람이므로 언제든지 수시전변隨時轉變한다. 의미가 나타나는 방식은 현상과도 같이 항상 동일한 방식으로 나타나지 않으며, 그와 같은 의미인 까닭에 의미는 언제나 새로울 수밖에 없다. 의미는 시간과도 같이—영혼과도 같이 일정한 형상의 기존既存과는 막무가내 물들지 않는다. 그러나 형상일지라도 밖에 있는 모든 사물[즉, 실물]은 저와 같은 의미의 존재론적인 실재성의 유전流轉을 품고 있는 것들이다. 존재와 사실의 간격은 그렇게도 멀고 또 그렇게도 가까운 것이었다. 존재와 사실의 의미를 연결하기 위해 시인은 이제 무슨 말을 해야 하는가.

6

앞의 2장에서 나는 직관의 실효성에 관한 말을 했다. 직관이란, 그러니까 현상의 표상을 두고 하는 말이다. 그런즉 직관으로 바라보는 사물은 사물 그 자체가 아닌 직관으로 드러나는 사물의 현상일 뿐이다. 따라서 인식 주체인 직관을 배제해 버린다면 그곳에는 어떠한 사물도 어떠한 대상도 존재할 수 없다. 현상이 사라져 버리기 때문이다. 불가에서 말하는 가현假現이란 이를 두고 하는 말이다. 현상이, 가현이었던 것이다. 가현이란 곧 항구적인 실체가 없다는 뜻이다. 실체가 있다면, 그런데 그 실체의 경계가 허물어진 실체의 변형만이 존재할 따름이다(실체가 있더라도 이제는 그 실체에 대한 (주체의) 자의적인 변형·조합만 있을 뿐이다. 말하자면, 시가 주관적인 서술·언어 유희에 탐닉하게 된 것도 실은 이 때문이다). 그러나 그렇지 않다. 실체와 그 실체를 바라보는 (시인의) 주체와는 아무런 상관도 없다. 인간의 주관적인 진리 이해가 허상[혹은, 자의적인 환상]에 맞물려 있는 것은 아니다. (시인의) 직관은 여전히 사물 그 자체를 인식하게 되는 이해력이라는 사실은 분명하다. 그와 같은 인지의 절조를 넘나들면서 그는 사물을 인식할 뿐 아니라 그 사물 건너편에 있는 진리의 지향까지도 얼마든지 가늠하게 된다. 진리는 인간이 있고 난 다음에 진리였던 것(진리의 실행자는 진리가 아닌 인간 자신이었던 것이다). 시인은, 그렇다면 무슨 말을 해야 하는가. 그는, 자기 자신이 쳐다보는 직관을 이야기하는 것만으로도 족하다. 직관 뒤에 숨은 대상의 의미는 물론 그 대상 자체가 아니다. 시는 그 대상의 의미를 위로하는 전략일 뿐이다(대상의 사실성-물질적 대상의 현실성에 관계하는 검증은 이미 시가 아닌 과학이 할 일이므로). 시는 합리가 아닌 그 합리를 뛰어넘는 인생에 대한 개연蓋然[즉, 예술성에 대한 정신]을 이야기한다. 저와 같은 정신은 대상에 대한 주관적인 감응만이 아닌 인간 이해에 관한 의미작용 전반을 아우른다. 그래서 시를 의식의 결정체結晶體라고 일컫는다.

7

사물이 사물의 세계 건너편에 있는 또 다른 정신과 맞물려 있는 것이라고 한다면 결국 그러한 생각이란 물신숭배[혹은, 우상숭배-정령주의]와 또 무엇이 다르다고 할 것인가. 물신·우상·정령이란 물건에 따라다니는 초자연적인 힘을 인정하는 정신을 두고 하는 말이다. 허나, 이처럼 '이것'[혹은, 부분]과 '저것'[혹은, 전체]을 하나로 바라보는 정신의 유입이란 사실상 인간으로서 내 본연을 지켜야 할 정체성을 놓아 버리는 자기 방임이 아니겠는가. 내 마음을 내 마음 바깥 넓이로 멀리 던져 놓으면 그것은 곧 화엄[혹은, '하늘나라']이 된다. 차별화가 없어지기 때문이다. 그랬다. 우리는, 우리 자신을 끝끝내 고집할 필요는 없다. 사랑·관용이란 그런 것이 아닌가. 따지고 보면, 자기 동일성이 있기에 화엄의 세계가 열리고 있었던 것. 그랬다. 이치[즉, 합리성]만으로는 부족했다. '이것'과 '저것'의 합일이 있기에 화엄의 세계[즉, 더불어 사는 세계]가 열리고 있었던 것. 보자. 그 모양의 복합을 가리켜 우리는 예술이라고 부른다. 예술이란, 그러니까 무한함을 바라보는 정신의 기표였던 것이다. 하나의 의미든 둘의 의미든 의미는 그곳에서 존재론적으로 노현된다. 그런 다음 의미는 무한으로 번식한다. 의미는, 곧 무한함의 의미에 대한 복선複線을 두고 하는 말이다. 종교는 그 의미를 내 마음속에 봉안奉安해 두는 방식을 따른다. 요컨대 시인의 의식 또한 저와 같은 다양한 의미의 뒤안길로 되돌아 나온 여운과 겹치고 있었던 것. 그것을 우리는 직관이라고 부른다. 시는, 직관의 후미를 따라다닌다. 그러기에 시는 실물을 보완하지도 가로막지도 설득하지도 않는다.

8

무한을 향해 떠나는 시인의 발걸음은 무한 바깥으로 건너가지 않고 결국은 자기 자신 발등 앞으로 되돌아온다. 이는, 그가 지금까지 따르고 있던 동사의 열린 공간이 어느 한계에 다다르게 되면 형용사인 닫힌 공간으로 굴절되기 때문이다. 무한한 공간마저도 실은 하나의 단면에 불과했으므로. 이를 오온五蘊의 역할로 바라보게 되면, 수受라는 것이었으니 인간의 느낌·충동·관능이 다 그러한 한계와 맞물린 의미소素였던 것. 느낌으로만 세계를 바라보게 되면, 어느 순간 쇠똥구리를 보고도 나침판이라고 생각한다. 의식으로는 우주[혹은, 존재]의 신비를 다 풀어낼 수 없다. 이를테면, 형용사의 의미체계가 그랬던 것이었다. 형용사는 항상 비자연적인 진리 형식의 은폐로 나돌아다니면서 불완전한 감각으로 핵심을 왜곡한다. 태양의 속성을 따라가는 동사와는 달리 형용사의 감각적인 담론은 (시인의) 내재적 필연의 사유로부터도 전혀 무관한 비사실적인 경험·변양만을 쫓고 있을 뿐이다. 내가 이곳에 존재한다는 사유조차 현존과 존재와의 관계를 전제로 하는 초월적인 존재 실현의 지향을 담아내야 함에도 불구하고 형용사의 길목에는 그것이 없다. 불멸성은커녕 유한한 존재의 현상학적인 표상 작용[혹은, 나 혼자만의 고독한 삶] 그것 하나가 있을 뿐이다. 죽음에는 죽음을 극복하는 죽음이 있는 법이다. 적어도 시인이라고 한다면 저러한 시적 감응에 도달할 권리가 있는 법. 그의 형이상학적인 시간이 그를 데려가고 있지 않은가. 시는 명사와 동사 이 두 개의 품사로 이루어지는 정신의 불꽃(하이데거)이다.

9

생각은 생각을 길러 낸다. 생각이 열리면 길이 열리고, 생각이 끊어지면 길이 닫힌다. 생각은 생각 그것 하나만으로 이루어지는 것이 아니다. 생각 뒤에 숨어 있는 시간의 깊이를 헤아릴 줄 아는 가언적假言的 추리를 먼저 내 몸 가까이 놓아두지 않으면 안 된다(그것을 우리는 인간의 본성이라고 명명한다). 시간과의 감응 없이는, 그러나 인간의 본성은 생기를 얻지 못한다. 생각은 성찰이기 때문이다. 어쩌면 천운天運에게 길을 묻는 절차[이를테면, 궁즉변 변즉통 통즉구窮則變 變則通 通則久—『주역』「계사전하繫辭傳下」제2장]가 그래서 긴요할는지도 모른다. 우리네 생각은 그러므로 천운이 다니는 길목이 어디 있는가를 묻지 않을 수 없다. 이는, 그러니까 내 생각은 내 생각으로만 남는 문제가 아니었던 것. 속단은 금물이며, 억측도 금물이며, 예단 또한 금물이다. 주어진 전제를 긍정하든가 부정하든가 하는 관계를 맺을 때는 깊이 상량商量해보라는 말은 그래서 하는 말이다. 말이란 말 아닌 부분과도 연결돼 있기 때문이다. 내 말의 지향은 내 말의 어근에 닿아 있는 것 같지만, 실은 내 말의 건너편 묵언과도 깊이 연관된 것임을 되돌아보지 않을 수 없다. 시간은 직선이 아닌

곡선인 까닭에 언제든지 미래의 현재화를 실행하는 긴장 속에서 움직인다(그 시간을 내 마음의 기대치[혹은, 변주]로 착각해서는 안 된다). 은유를 사용하는 시인의 낱말은 바로 이 대목에서 큰 낭패를 본다. 이는, 시간과 은유의 낱말이동이 혼선을 빚기 때문이다. 사실상 시인의 레토릭에서 다루어야 할 가장 큰 난맥상은 은유적 표현과 시간의 명사화에 따른 간격이 겹치고 있다는 점이다. 시인이 은유를 통해 아낌없이 시간을 끊어 내는 까닭은 이 때문이다. 시인의 시간은 여전히 땅 위에 돌고 있는 시간이 아니었다. 그렇더라도 그의 시는 결코 사실을 바꿀 수 없다.

10

말과 시간의 연결고리로 보면, 정신에도 모양이 있음을 깨닫게 된다. 정신이란 은유의 명확성과 불명확성의 기준을 포착하고 판단하는 의식의 움직임을 두고 하는 말이다. 『주역』은 (인간의) 의식이 일어나고 흩어지는 모양을 쳐다보면서, 이를 두고 ䷺ 풍수환風水渙(쉰아홉 번째 괘)이라고 명명했다. 환渙이란, 물결의 '흩어짐'의 표상이다. '바람'과 '물'은 그렇게 왔다가 또 그렇게 흩어진다. 그와 동시에 '바람'과 '물'은 생명의 호흡이며, 생명의 체액이다. 환渙의 괘사卦辭는 이렇게 말한다; "환은 형통함이니, 임금이 묘당에서 제사를 지내듯이—큰 강물을 건너가듯이 해야 한다. 올바른 정신을 가져야 하리라"(환 형 왕격유묘 이섭대천 이정渙 亨 王假有廟 利涉大川 利貞). 시는, 바로 이 환渙의 움직임을 쳐다보는 정신적 가치의 표상화 작용 이외의 다른 말이 아니다. 그런즉 삶을 공허한 마음으로 끌고 가서는 안 된다. 영혼은 공허한 삶 속으로는 끼어들지 않는다. 영혼이란 바람과도 같은-물결과도 같은 유연한 정신을 두고 하는 말이다. 시인 이성선李聖善 1941년~2001년의 시 「아름다운 이」를 읽어 보자(시집 『절정의 노래』 1991년, 창작과 비평사);

풀잎 밑에
아름다운 이가 누워 있다.

그분은 풀잎 그림자

물빛처럼 달빛처럼
삶은 소리나지 않는다.

눈물 밑에
더 아름다운 이가 계시다.

후광이 없는 그분

슬픔으로 안 보일 듯
은은한 미소.

천지간 만물은 서로 감응한다. "풀잎"과 "풀잎 그림자"와 "물빛"과 "달빛"은 서로 얼굴을 비벼대면서 감응한다. [즉, "풀잎 밑에 / 아름다운 이가 누워 있다. // 그분은 풀잎 그림자 // 물빛처럼 달빛처럼 / 삶은 소리나지 않는다."]. 그렇더라도 "그분"은 "후광이 없는 분"이므로 "삶은 (여전히) 소리나지 않을" 뿐이었다. "그분"의 "눈물 밑에(는) 더 아름다운 이가 계셨(지만)" 그분 또한 "슬픔으로(는) 안 보일 듯 / 은은한 미소"를 띠고 있을 뿐이었다. 인생사 알려지지 않는 부분은 알려지지 않을 뿐, 그것은 기어이 무변無邊한 '무無'와의 대립으로 환원돼 버린다. 시인은, 그러기에 이렇게 말하려는 듯이 보인다; 인생의 의미와 가치 척도는 중요하지 않다. 무엇 때문에 인생의 의미를 규명하려고 하는가. "후광이 없는 그분"을 찾지 말아라. 삶의 정식화正式化는 위험하다. "물빛처럼 달빛처럼 / 삶은 소리나지 않는" 길이었으므로. 삶이란, 삶의 "슬픔으로(도) 안 보일 듯 / (그 길은) 은은한 미소"를 보여 줄 따름이다. ■

시인은 말을 하되 그 말의 풍경을 쳐다보며 이야기한다
—대상과 풍경

1

'물'이라고 해도 '물'을 일반화시킬 때 생기는 흔적[즉, 질화質化 qualification]이 있다면, 우리는 그것을 상상이라고 부른다. 물체 object는 언제나 상상 곁에 있다. 맨드라미 곁에서 우리는 어떻게 확고부동한 신神을 찾을 수 있겠는가. 맨드라미 곁에는 실제로는 신神이 없다. 그러나 상상의 눈을 뜨고 맨드라미를 쳐다보게 되면, 그곳에는 분명 신神이 있다. 그러기에 시인은 사실의 경사면傾斜面[즉, 의미]을 보더라도 사실의 불확실함에 대해서는 입을 다물 수밖에. 의미의 지극함이란 의미에 국한돼 있지 않고, 그 의미를 바라보는(시인의) 심중에 들어 있기 때문이다. 그 같은 의미의 지극함은 다시 천계天界와 (내) 마음의 두 행간 속으로 확대된다. 현재라고 해도 그 현재는 끊임없이 현재의 변용으로 전이된다. 그러기에 이 땅 위 모든 실체는 실체의 내연內燃으로 불타오르기 마련이다(그 같은 내연의 움직임 앞에서 우리는 또 무슨 변증을 붙들고 있겠는가). 물론 그들 내연에 드리운 무적無適[즉, 타협]은 위험하다. 그렇다고 해서 '알고' 있는 부분과 '모르는' 부분을 적당히 얼버무려 놓을 수는 없다. 물론 '기쁨'과 '슬픔'의 병치는 괜찮다. 시인은, 어떤 정취情趣의 왜곡 앞에 또 다른 동태動態의 조작 앞에 마음을 쉽게 내주어서도 안 된다. 그림을 그리되(시상을 가다듬되) 그는 자연물에 대한 소묘素描로 만족할 줄 알아야 한다(그에게는 자기 인식의 정체성을 지켜 내야 할 책임이 있기 때문이다).

2

마음이 가지 않으면 대상도 없다. 대상이 또 다른 대상과 구분되는 그 기준의 명확성을 두고 우리는 달리 실체라고 부른다. 그러나 실체적 기준이라는 것도 따지고 보면 상상만큼이나 피상적인 것이며, 바람만큼이나 불분명한 혼효混淆로 채워져 있다. 우리는 신神을 특정한 대상으로 지각하지 않는다. 신神은 신神 자신과 한 몸일 뿐이며(동일자), 그런 까닭에 모든 또 다른 실체와 엄연히 구분된다. 그런 즉 신神은 어디서나 언제나 현상과 사실을 밟고 이야기할 뿐이다(말이 말속에서 물질적인 연상·지각을 따라다니는 것은 이 때문이다. 현상과 사실은 그러나 진리의 영역이 될 수 없다). 하늘을 보자. 하늘의 균형은 (다만) 하늘의 균형 그 자체[즉, 실상]와 겹쳐져 있을 따름이다(천균자 천예야天均者 天倪也—『장자』「우언寓言」). 달리 말해 보자. 배고플 때는 밥을 먹어야 한다. 그것은 '천예天倪'의 균형을 따라 잡기 위한 필수였던 것. 신神에 대한 부정은 신神에 대한 긍정을 이기지 못한다. 진리를 바라보는 개별적인 지각은 진리의 절대화에 닿은 연관을 앞지를 수 없다. 사물은 확연히 사물의 영역으로 나뉘어 있지만, 사물의 의미는 사물에 붙어 있지 않고 당연하게도 그것들에 대한 인지 작용의 실태를 쫓아 밖으로 뛰쳐나온다. 의미가 불확정적일 때는 사물도 없다. 이는, 의미인 이상 그 의미를 (내) 감정·의식의 번안물翻案物로 그대로 옮겨 놓을 수는 없기 때문이다. 사물이 사물의 의미에 안주해 버리면, 그 사물의 천연天然은 죽는다. 의미는 의미의 집합 그 반대쪽으로 날아다니는 것이었으므로.

3

위 말의 뜻은, 노자老子 BC 579년경~BC 499년경가 말하는 (("도는 하나를 낳고, 하나는 둘을 낳고, 둘은 셋을 낳고, 셋은 만물을 낳는다. 만물은 어둠을 등에 지고 있고, 밝음을 가슴으로 품고 있다. 텅 빔 속에서 기를 얻어 조화를 이룬다"(도생일 일생이 이생삼 삼생만물 만물부음이포양 충기이위화道生一 一生二 二生三 三生萬物 萬物負陰而抱陽 沖氣以爲和—『노자』 42장))) 그 우주적 담론을 피력한 말이다. 그에게는, 우주적인 표상이란 것도 사실은 하나에서 비롯된 연관이라는 것이었다. 이는, 어느 한 대상은 또 다른 어느 한 대상과 엄연히 구별된 것이지만 결국은 한가지로 연관돼 있다는 점을 가리키는 말이다. 존재하는 모든 것은 오로지 세계 안에 존재하기 때문이다. 세계는 바로 그 모든 것이 한꺼번에 일어나는 영역이었으므로. 세계의 바깥에는 아무것도 존재하지 않는다(마르쿠스 가브리엘Markus Gabriel 1980년~현재의 『왜 세계는 존재하지 않는가』). 간단히 말해 보자. 세상에는 오직 하나만으로 존재하는 그 같은 대상은 없다. 어느 한 대상은 또 다른 대상의 계기契機일 뿐이므로. 한편 장자莊子 BC 369년경~BC 289년경는 다시 이렇게 말한다; "이것은 또 저것이 되고 저것은 또 이것이 된다. (…) 저것과 이것이라는 상대적 개념을 뛰어넘는 그것을 일컬어 도추道樞라고 한다"(시역피야 피역시야…피시막득기우 위지도추是亦彼也 彼亦是也…彼是莫得其偶 謂之道樞—『장자』「제물론齊物論」). 도추란, 그런즉 실제로 있는 대상이 아니다(감각과 지각으로 인한 사실의 변형체일 뿐이다). 존재의 유한은 존재의 무한으로 그렇게 끊임없이 번창한다. 우주의 무한함은 그래서 존재의 유한함에서 비롯된 존재의 극지였던 것(신神이 우주를 창조했다는 생각은 그런즉 어디까지나 가설일 뿐이다). 전체는 없다. 부천역에서 서울역으로 갈 때는 소사→역곡→온수→오류동→개봉→구로→신도림→영등포→노량진→용산을 거쳐 서울역에 당도하게 된다. 심리상의 외연外延으로 말해 보자. 허무함을 건너가게 되면, 손가락으로는 만질 수 없는 존재의 충일감에 닿는다. 우리네 현실이 극락이었던 것이었다.

4

시인이 무언가를 의식할 때는 사실이기보다는 대체로 그 사실의 인각印刻이거나 그 사실의 공명으로 흔들리는 중간 매재媒材일 경우가 많다. 이때는 의식이 환영幻影으로 뒤바뀌는 순간이다. 말하자면, 우리가 그동안 굳게 믿어 온 지각마저도 흔들린다. 현실이 현실의 근거를 얻기 위해서는 바로 저와 같은 중간 매재의 착시를 떨쳐 버려야 한다(그와 같은 점으로 보자면, 현실은 현실 그 자체로서는 진리가 되지 못한다). 사실과 그 사실에 대한 인식의 개념을 달리 구별하기가 쉽지 않기 때문이다. 문학 텍스트를 읽어 내기가 어려운 것은 바로 그 때문이다. 사실[혹은, 진리]의 실태를 구별하고 그 사실의 영역에 관한 질문에 답할 수 있는 유일한 수단은 그래도 우리네 사유 활동 그것밖에는 없다. 사유는 인식으로 끝나지 않고 인식할 수 없는 대상의 초자연적인 원리로까지 다가가 존재의 불확정성에 대한 의문을 묻고 있기 때문이다. 시인의 시적 대상은 대상의 질료가 아닌 그 대상에 관한 형질形質이었던 것. 본래 삶이란 양이 아닌 질의 문제였으므로. 그러나 그의 질은 대상의 총체성이 아닌 그들 대상 하나하나에 관련된 진실성의 문제였던 것. 시인의 말은 그래서 단순할 수밖에 없었던 것. 중요한 말은 따로 있는 게 아니다.

5

그렇더라도 말 속에는 말의 벼리가 따로 있음을 잊어서는 안 된다. 가지런히 말을 하게 되면, 그렇게 말하는 사람의 인물됨도 자연히 가지런해지기 마련이다(말속에 들어 있는 음신音信이 그 사람의 사람됨을 받들고 있기 때문이다). 음신이 말의 격외格外[혹은, 말이 드러내는 몸가짐]를 결정한다. 가령 '꽃'이라고 말할 때는 '꽃'의 성음과 더불어 그 '꽃'의 격외가 나타나기 마련이다. 말 속에는 이른바 말의 의미를 제한하는 그 말의 소이연所以然이 반드시 따라붙는다. 말이란, 존재 일반의 적소適所에 관한 관점이었던 것. 말이 없다면, 이 세상에 있는 어떤 존재도 존재 유역의 시제時制로 가까이 옮겨갈 수도 없다. 시인이 낱말의 의표signification를 들여다보면서 말 속으로 떠오르는 대상[즉, 세계]의 한계를 마음껏 늘려 놓는 것은 바로 이 때문이다. 명사와 동사는 낱말의 한 범주로서 그것들 체용體用으로 말미암아 만물은 비로소 시간과 공간 앞으로 다가와 존재유형의 흔적을 남기게 되었던 것. 풀 한 포기의 극명함이 먼 하늘의 지리멸렬을 흔들어 대는 것은 그 때문이다. 그랬다. 시인이란 언어표현의 위력을 홀로 엿듣는 사람이다. 시인의 언술은, 언제든지 문장 이상의 존재론적인 의미체계와 눈길을 맞춘 순수 지각의 변수들과 항상 결합한다. 그렇건만 그의 의식은, 무의미한 대상과의 연관[혹은, 단편적인 현상의 전前이해 사안] 따위에는 아예 말문을 닫는다. 시인은 말을 하되 그 말의 풍경을 쳐다보며 이야기할 뿐이다. 말의 풍경이 삶의 위엄을 바꿔 놓기 때문이다.

6

위에서 밝힌 언어표현의 음신音信은 분명 말에 붙어 있는 것이지만, 좀 더 뜯어 보면 그런 것도 아니다. 말은, 말을 하는 사람의 얼굴이기 때문이다. 『대학』에서 말하는 격물궁리格物窮理는 그래서 하는 말이었다. 사람으로서 마땅히 실행해야 할 일을 인지하지 못하게 되면, 그 사람이 하는 말은 모두 허언에 빠지거나 요설妖說에 파묻힐 수밖에 없다. 요설이란 곧 도깨비를 섬기는 말이다. 요설을 품은 자는 '앎'이 무엇인지도 모르고, 식견 없는 말만 아무 때나-어디서나 지껄일 뿐이다. 그 같은 자는 자기 자신의 사심私心을 공정이라는 허울로 포장한다. 사곡邪曲이라 아니할 수 없다(그런 자를 치자로 만난 시대의 불운을 우리는 지금까지 목격하고 있지 않은가). 시인은 요설을 말해서는 안 된다. '앎'이란 지식을 가리키는 말이 아니다. '앎'을 채워 가는 비결은 공부밖에 없다. 시인이란, 공부하는 사람을 두고 하는 말이다. 시인은, 시에 사로잡혀서는 안 된다. 시보다도 더욱 중요한 것은 마음의 건사인 것. 마음이 넓어지다가 보면 그 마음마저도 잊어버린다. 넓은 마음 그것을 두고 우리는 자득自得이라고 말한다(그러기에 자득과 '경敬'은 그 둘이 하나로 이어지는 정심定心이라 할밖에). 시인은, 요컨대 그 자득을 쳐다볼 줄 알아야 한다. 시인의 요설은 정반대로 비좁은 마음의 요괴妖怪만을 쫓고 있을 뿐이다. 사특私慝함이 아닐 수 없다. 사특함에 빠지면, 그는 '앎'을 모른다. '앎'의 내용을 놓아둔 채 시인은 어떻게 무슨 마음으로 시를 쓰겠는가.

그랬다. 시인의 말은 시인의 몸에서 나온다. 몸은, 마음이다. 마음을 대상화하게 되면, 그것이 몸으로써의 화신化身이 된다. 마음을 대상화하지 못하게 되면, 그 마음은 인식 대상의 상대적 차이를 뛰어넘지 못한다. 내 마음은 그와는 달리 그래서 풀포기가 되고, 물안개가 되고, 저녁노을이 되고, 우주 공간이 된다. 그 마음은, 간단히 말해서 절대가치의 한계를 뛰어넘게 된다는 말이다. 내 마음으로 불러들인 대상들이 내 마음 안에 모이게 되면, 그것들이 곧 실체적 진실의 의미망網이 된다. 그와 같은 의미망을 가리켜 우리는 그것을 또 다른 말로 현실이라고 부른다. 이때는 사물이 그 현실을 장식한다. 허나, 시인이 지켜보는 사물은 그 사물이 아니라 사물 반대편에 있는 현상학적인 무실체無實體의 경험들이며, 혹은 연기적緣起的인 사물[즉, 존재]의 순환들이다. 그가 불교에서 배운 생멸 순환의 공空을 이야기하는 것도 어느 정도는 매력으로 보일 때도 있으니까. 세상에 등장하는 현상의 모든 근원이 다 그의 시적 대상의 주안점이었던 것. 대저 하늘이 형상을 보여 줄지라도 그 하늘은 형상에 속한 것이 아니다. 현상 혹은 존재는 진리와 동일한 것이 아니었으므로(마르쿠스 가브리엘Markus Gabriel 1980년~현재의 『왜 세계는 존재하지 않는가』). 그랬다. 사물·현상을 진리의 토대로 바라보게 되면, 시인이 추구하는 대상 의식[즉, 격물格物]은 언제나 경건으로 통할 수밖에 없다. 이른바 내 마음속 반성과 경건은 천심天心를 대면하는 자의 필연적인 결단과 결부된 것이었으므로. 초월은 바로 천심을 바라보는 또 다른 지향이었던 것. 이때는 대상 의식 그 자체가 우주 자연의 원리와 연계된 내 마음속 각성임을 다시 깨닫게 된다. 천심은 나 자신이 섬겨야 할 외적 대상이 아니라 내 마음속 견성見性[혹은, 자각]이었던 셈이다. 이 순간 나는 비로소 나 자신을 그렇게 뛰어넘고 있었던 것.

8

그런 까닭에 나는 나 자신이면서도 나 자신이 아니다. 밖에 있는 4계절의 경계도 또한 그랬다. 각성과 시의時義[즉, 만물의 생성 변화]의 차별은 그렇게 움직였다. 견자見者의 눈을 뜨고 바라보면, 각성과 대상의 불멸성은 그렇게 연결돼 있었던 것. 따라서 삶과 죽음의 간격[혹은, 개별과 전체의 간격]도 그리 먼 것이 아니었다. 알맹이가 있으면 껍질이 있다. 사람이 죽으면, 죽음으로 끝나는 것이 아니다. 금생今生이 있고, 후생後生이 있다. 몸을 받은 자는 반드시 몸의 또 다른 몸[즉, 영혼]을 지켜 가고 있다(불가에서 행하는 천도재薦度齋는 죽은 영혼을 위로하고 다시 생명으로 돌아올 인연을 지키기 위해 기원하는 재의齋儀이다). 그러기에 지금 배고픈 자에게는 반드시 밥을 주어야 한다. 민이식위천民以食爲天이 아닌가(『십팔사략十八史略』). 그것을 두고 우리는 정치라고 말한다. 보자. 유有와 무無는 어떤 관계로 묶여 있는가. 유有는 유有의 행적을 꿰뚫고 순환했지만, 무無는 어떤 경우로든 무無 자체의 총칭으로만 그렇게 잠겨 있을 뿐이다. 그것을, 불가에서는 특별히 열반涅槃[즉, '사라짐']의 요해了解라고 달리 불렀던 것. 시인은 물질을 바라보되 물질적인 품수品數를 내다보는 것이 아니라 물질적인 것의 본연으로 '돌아가는 (귀근歸根)' 그 본질을 본다. 노자는 그 같은 귀근歸根의 실체적 진실을 밝히기 위해 다음과 같이 말했다; "마음의 고요함을 다스리기 위해서라면 허심을 지켜갈 수밖에. 만물은 함께 자라난다 … 만물은 제각각 다른 모습으로 무성하지만 저마다 근본으로 돌아온다. 근본으로 되돌아옴은 곧 고요함인바 그것을 일러 본성의 되돌아옴이라고 부른다"(치허극 수정독 만물병작…부물운운 각귀기근 귀근왈정 시위복명致虛極 守靜篤 萬物竝作…夫物芸芸 各歸其根 歸根曰靜 是謂復命—『노자』16장). '되돌아옴' 이란 곧 존재[즉, 본질]의 복귀를 뜻하는 영혼의 안식[즉, 무애無碍한 감정]을 두고 하는 말이다. 저와 같은 의식에 도달하기 위해서는 나로서는 마음의 고요를 지켜갈 수밖에(수정守靜). 인간의 몸은 인간의 몸을 뛰어넘는 초월적인 인지의 실태를 품고 있기 때문이다.

9

몸이 몸을 뛰어넘는다는 말은 무슨 말인가. 이는, 인간의 몸은 한사코 실체적 진실의 바탕이라는 말이다. 인간의 의식은, 물론 우리가 바라보는 모든 대상의 상도常道를 다 읽어낼 수 있는 천선遷善의 독해가 아니다. 당장에 우리가 알고 있는 것이란 고작 명사 한두 개의 요소-집합에 붙어 다니는 변수variable 몇 무더기와 함축implication 몇 무더기의 연착延着에 불과한 것들이다. 그렇건만 그러면서도 우리는 사물과 사물의 간격 사이로 두루 통하는 진리의 요묘要妙에 관해서 캐묻고 캐물을 뿐만 아니라 무극으로 되돌아오는(복귀어무극復歸於無

極)-자연으로 되돌아오는(복귀어박復歸於樸) 그 같은 하늘의 법식(위천하식爲天下式)을 본받으면서 살아갈 수밖에 없었던 것이었다(『노자』 28장). 그랬다. 내 몸은 내 몸의 한계를 그렇게 뛰어넘고 있었던 것. 천하가 신령스러운 기물인 만큼(천하신기天下神器—『노자』 29장), 인간의 몸은 또 그래서 신령스러운 몸이었다. 자연의 '박樸'이야말로 그와 같은 신령스러움의 표본이었던 것. 크나큰 다스림은 그 '박樸'을 잘라 내지 않는다(고 대제불할故 大制不割—『노자』 28장). 왜 인간의 몸인가. 인간의 몸은 인간의 온전한 정신을 받들고 있기 때문이다.

10

말은 말 이상이다. 시인의 말은, 그러므로 말의 의미에 그쳐서는 안 된다. 시인의 시는, 시적 작의作意가 아닌 무상지상無狀之象의 고요를 입안에 품고 있을 때 그때 온다. 존재의 본연은 언표 속에 담기는 법이 없다. 앞에서 내가 이야기한 무상지상의 고요란 바로 그 점을 염두에 두고 한 말이다. 시인의 시는 말로써 그 말의 거죽을 벗겨 내는 말이었던 것. 이른바 표현의 심리적인 성층화成層化[즉, 형이상학적인 인지]는 그렇게 밖으로 드러나고 있었던 것이다. 요컨대 시인의 순수 지각은 말에 대한 주관의 객관성을 꿰뚫고 존재의 필연 앞으로 그렇게 다가갔던 것. 시인의 말은 윤색潤色되지도 않고, 또 달리 유예猶豫되지도 않는다. 그에게는 진리의 소리에 귀 기울여 들을 수 있는 존재의 요약[즉, 존재의 표상]이면 그것 하나로 충분했다. 나머지는 사물에 대한 묵시적인 침묵이거나 자연 현상에 연결된 사유 형태의 무의미한 표지標識 뿐이었으므로. 감각의 내면적인 불빛 없이 진리의 어떤 의미도 복사輻射된 적은 없다. 실체적 진실의 대유代喻라면 몰라도. "당신은 누구인가요?" 시인은 그 말 한마디를 입에 물고 대상 앞으로 다가앉는다. ▪️

시인의 말은 천하의 이치를 꿰뚫어 본다
—정신과 초월

1

수승화강水昇火降이 진행됨에 따라서 위에 있던 물은 물질(대상)이 되고, 아래에 있던 불은 정신(주체)이 되었다. 이는, 음陰이 양陽으로 물러나고(음상행陰上行), 양陽이 음陰으로 물러나는(양종하陽從下) 성향 때문이었다("건곤乾坤은 역易의 문이다. 건은 양물陽物이고, 곤은 음물陰物이다. 음양이 합덕合德해서 강유剛柔의 몸이 생기게 된다"(건곤 기역지문야 건 양물야 곤 음물야 음양 합덕 이강유 유체乾坤 其易之門 邪 乾 陽物也 坤 陰物也 陰陽 合德 而剛柔 有體—『주역』「계사전하繫辭傳下」제 6장)). ("변화變化는 나아가고 물러나는 모양이었으며, 강유剛柔는 낮 과 밤의 모양이었던 것"(변화자 진퇴지상야 강유자 주야지상야變化 者 進退之象也 剛柔者 晝夜之象也—『주역』「계사전상繫辭傳上」제2장)). 물과 불이 하나로 합쳐져 있는 것이라면, 그것은 곧 신명神明의 모습일 것이다. 신명神明은, 곧 인간의 정신까지도 뛰어넘는 초월의 운동량을 두고 하는 말이므로[빛과 인간 의식과의 상호작용]. 그래서 인간의 정신은 매양 물질(대상) 곁에 꼭 달라붙어 움직이게 마련이었던 것. 인생 문제에 있어서 길흉吉凶과 회린悔吝은 이때 나타난다. 길흉은 무엇을 얻어 내고 무엇을 잃는 모습이며, 회린은 그 무엇에 대한 근심과 걱정을 덧붙이는 모습이다(길흉자 득실지상야 회린자 우우지상야吉凶者 得失之象也 悔吝者 憂虞之象也—『주역』 「계사전상繫辭傳上」 제2장). 그렇다면, 역을 공부하는 자는 저와 같은 변화를 쳐다보면서 그 변화에 걸려 있는 수많은 말[즉, 괘사와 효사와 점사]에 내비치는 의미 곁으로 더 가까이 다가가지 않을 수도 없으리라. 시인이 또한 저와 같은 말들의 용역用易을 끌어안고자 함도 바로 저러한 연유 때문이다. 시는, 자연의 현상이 변화해 가는 것에 대한 관상완사觀象玩辭가 아니었던가. 역易이 사물을 열어젖히고 온갖 일을 이뤄 내는 것처럼(부역 개물성무夫易 開物成務—「계사전상繫辭傳上」 제11장). 그랬다. 시인의 말은 천하의 이치를 꿰뚫는 빛의 파동 현상에 닿아 있었던 것이다.

2

그렇더라도 물질과 정신은 데카르트R.Descartes 1596년~1650년 『방법적 서설』)의 생각과는 달리 이원론적인 두 실체로서만 존재하는 것이 아니다. 하나의 실체는 또 다른 수많은 실체와 겹쳐 있고, 하나의 의미 단위는 또 다른 수많은 의미 단위의 복합으로 쪼개져 있기 때문이다. 시간과 공간의 모습 또한 제각각 또 다른 모습으로 나뉘어 있지 않은가. 우리는 제각각 서로 다른 공간에서 살아가고 있으며, 심지어는 같은 시간대라고 해서 너나없이 같은 시간으로 살아가는 것도 아니다. 하나는 전체가 아니다. 그와 동시에 '나'는 '당신'도 아니며, '그들'도 아니다. 서로 다른 공간을 차지하는 '나'와 '당신'과 '그들'이 있을 뿐이다. 같은 공간을 차지하고 있다고 해서 두 사람은 한 몸이 아니다. 그래서 생긴 것이 집합개념-통합개념-통일개념이다. 부부가 그래서 하나가 되고, 서울과 부산이 그래서 하나가 되고, 이승과 저승이 그래서 하나가 된다. 대상과 특성과 기준(이것들은, 다 대칭 개념에 속한다. 기준이 없는 공간에서는 어떠한 대상도 존재할 수 없다)을 나열하게 되면 끝이 없다. 우리는 간단히 이렇게 말할 뿐이다; "나는 당신을 사랑합니다", "백화점에 가서 빨간 티셔츠를 사셨습니까?".

3

그런즉 우리는 어떤 정황[혹은, 현상]에 관련된 대상만을 지각할 뿐이다. 내가 느끼는 관심이라고 해서 대상이 지닌 존재 영역을 내 마음대로 바꿀 수는 없다(티셔츠는 수탉이 아니다). 대상은 대상 그 자체만으로 존재할 뿐 내 마음속 은밀한 접촉이 지어낸 아리송한 관물 觀物이 아니다. 그렇건만 인간의 정신은 단순한 생각 그 이상의 무한함에 대한 우주정신의 존재 유형으로 비상하면서 우리네 삶의 어두운 잡답雜沓[이를테면, 물신숭배에 빠진 심리 질환]으로부터 헤쳐 나가고자 하는 꿈을 꾼다. 물신숭배는, 이 세상에는 오로지 자연법칙만 존재한다는 도그마에 빠져 있으므로. 광신狂信, 무신론無神論마저도 실은 물신숭배와 다르지 않다(어떤 것이든 그것들은 모두 보편적인 본질에 닿아 있다는 생각은 거짓이며 착각일 뿐이다). 그러한 생각은, 내 감정이 지금 진리에 닿아 있다는 판단과 다르지 않다. 내 정신은 날마다 인격체로 고양돼 갈 뿐 완성된 자아개념의 초연超然이 아니기 때문이다. 내 정신세계가 추구하는 의미의 규정 역시 그렇게 움직인다. 의미의 다의성을 펼쳐 놓은 에움길에 예술[즉, 시인이 일궈가는 명제=세계관]이 뿌리를 내리고 있을 뿐. 이 경우 그의 가설은 오감을 통해 드러난 감상感傷이거나 불합리한 영상물[혹은, 비사실적인 표상물]이어도 좋으리라. 애당초 시는 저쪽에 있는 바깥 세상[즉, 사물]의 구조물이 아닌 시인 자신의 심리적인 변형물이 아니었던가. 변형물이 도리어 그 사물의 실재성을 현실적으로 더 깊이 강화해 놓지 않았던가. 현실을 동반한 환영幻影은 환상이 아닌 사실[즉, 시적 진실의 현상]과의 연관이었으므로. 이때야말로 시인의 직관은, 말하자면 자기 자신 내면의 자의적인 의미 공간을 뛰어넘어 그 사실의 세계성과 마주치고 있었던 것이었다. 그동안 사물 곁에 있던 허공의 의미까지도 이 직관 앞에서는 온데간데없이 사라지고 언어의 또 다른 술어들과 함께 좀 더 새로운 명제로 새롭게 떠오르고 있었으니 말이다(그 명제의 출현 자체를 우리는 또 달리 언령言靈의 세계로 간주해 오지 않았던가). 이때는 시의 의미가 의미 안에 간히지 않고 그 의미를 뛰어넘는다. 여타의 대상들은 벌써 진리의 길 동무가 돼 있을 뿐이었다.

4

이때는 시인이 거느리는 은유-유추의 기호체계가 감각적인 의미권 圈을 벗어나 정신적인 의미권圈의 내면화로 기울어지면서 형이상적 인 담론형식[즉, 음악적인 패러다임]과 깊이 제휴한다. 그의 관능과 감각-지성과 지각의 대립구조가 한 덩어리로 뭉쳐 변증법적인 기 표로 다시 변형되고 있었던 것이다. 눈에 보이던 실체가 눈에 보이 지 않는 연상계界로 바뀌면서 세계이해의 빌미들은 대뜸 정신의 빛 으로 고양되고 있었던 것. 정신의 빛이라는 말은 신명神明[혹은, 심 연과 초월의 표상]과 관련된 대유代喩였다. 시인이 바라보는 '고유 한' 의미는 부재의 의미 공간인 동시에 유상有相[즉, 이미지의 회향廻 向 혹은 이상화理想化의 비전]의 의미 공간이기도 했다. 이것을 이른 바 존재의 순환성이라고 명명해 두자(불가에서 이야기하는 연기緣起 라는 말도 또한 이와 같은 개념을 두고 하는 말이리라). 정신의 빛으 로 떠오르는 대상은 으레 이미지에 연관된 사실성[즉, 현상]의 복사 輻射=복귀가 아니었던가. 감각[즉, 물체=대상]을 뛰어넘은 다음으로 는 정신의 빛[즉, 초월]이 쏟아진다. 초월은 언어와는 무관하게 존재 하는 까닭에 초월을 굳이 언어로 표현하자면[즉, 이미지 간의 상응 으로 바꿔 말하자면] 은유적인 지각 활동 그 자체라고 말할 수밖에. 그렇건만 좋은 시인일진대 그는 그 같은 은유적인 지각 활동이 도리어 정신의 빛을 가로막는 통사론적 저항을 불러올 수도 있다는 점을 아울러 염두에 두어야 하리라. 은유 자체가 편견으로 굳어지거나 비본질적인 의미 해체로 오염되는 위험성이 거듭거듭 반복되기 때문이다. 자연의 빛 안에서 충분히 정화淨化되지 못한 은유는 한낱 자아상실-자기도취의 비문非文만을 남겨 놓을 따름이다.

5

그렇다고 해서 심미審美와 환상을 탓할 일은 아니다. 그 둘은 종교와 예술이 그렇듯이 영속적인 흔적을 남겨 두려는 갈망에 기인한 것들이기 때문이다. 넓게 보면, 시인이 쌓아 놓은 은유화[즉, 사변적인 기호체계]의 지형들이 어느새 그와 같은 연상 활동의 지향·승화·초월로 변형되고 있었던 것(지향·승화·초월의 단계에서는 원초적인 감각과 충동적인 만족감이 일순간 무력화된다). 그랬다. 환상과 매혹의 변증법적인 형상이 예술로 옮겨지고, 종교로 옮겨지고, 시로 옮겨지고 있었던 것. 이는, 진리 이전의 대리만족이라 아니할 수 없다. 일상과 초월의 간격은 멀지 않았다. 물질과 정신의 간격만큼이나 좁디좁은 것이었다. 부否와 시是로 어긋나는 간격[즉, 양극단]이 또한 그런 것들이었다. 그러기에 신神을 환상으로 왜곡해서는 안 된다. 신神은 해석도 아니며, 상징도 아니며, 함축도 아니다. 오로지 그분은 아버지 형상일 뿐이다(『신약』「요한복음」1:14, 외). 시인의 상상력에는 시적 대상의 존재론적인 정신뿐 아니라 인류 역사의 진보와 퇴행, 파괴와 창조, 영혼 안에서 일어나는 모든 의미 연관이 다 들어 있었던 것. 그는, 그때야말로 (그 자신) 초자아의 의식이 시키는 대로 어려운 역경을 '승화'해 가는 빛을 쫓고 있었던 것. 승화의 길이 비록 되살아난다고 해도 그러나 그 곁에는 여전히 거짓이 남는다. 악과 선의 양면성 때문이었다. 반성과 의식의 받아들임이 한결같지 않기 때문이었다. 좀 더 정확히 말하자면, 언어와 현실[혹은, 현상]과의 착종錯綜[즉, 엇박자] 때문이다. 인간의 욕망과 상징의 불명확성이 또한 이 모양이었다. 그랬다. 의식으로는 의식이 보이지 않는다. 무엇을 알게 되면 앎이 사라진다(헤겔G.W.F.Hegel 1770년~1831년의 정신현상학은 이때 나온다. 이는, 정신은 맨 끝(의식)인 동시에 맨 처음(무의식)이라는 뜻이다.—『정신현상학』). 의미는 형태로 바뀌고, 형태는 의미로 바뀐다. 시에 대한 해석은 바로 이 두 끝[즉, 양단]을 하나로 엮어 내는 작업이다. '나 (주관)'와 '너 (객관)'의 양쪽이 하나로 겹치게 되면, 불가에서 말하는 '화엄'이 된다(『화엄경華嚴經』). 나 자신에게 사로잡힌 '의식'은 나 자신을 놓아 주는 '정신'으로 확대되어야 한다. 그것이, 넓고 넓은 '화엄'의 영토였던 것.

6

다시 한번 말해 보자. 왜 정신인가. 정신은 의미에 갇히지 않기 때문이다. 일반적으로는 대상은 의미[즉, 이름]에 갇혀 있게 마련이다. 이름에 매달리게 되면, 본질을 놓친다. 왜 초월인가. 이는, 대상을 뛰어넘으라는 말이다. 공자孔子 BC 551년~BC 479년는 단 한 마디로 이렇게 말했다; (『주역』은 상象이다) "하늘에서는 형상을 이루고, 땅에서는 형체를 이루니, 변화가 나타난다" "단彖은 상象을 말함이요, 효爻는 변하는 것을 말함이다"(재천성상 재지성형 변화현의. 단자 언호상자야 효자 언호변자야在天成象 在地成形 變化見矣. 彖者 言乎象者也 爻者 言乎變者也—『주역』「계사전상繫辭傳上」제1장, 제3장). 왜 상象인가. 상象은 언어의 한계를 뛰어넘지 못하는 자각으로부터 나온 말이다. 공자는 이렇게 말했다; "글은 말을 다 담지 못하고, 말은 뜻을 다 옮기지 못한다 (…) 성인聖人은 그래서 상象을 세워 뜻을 다 밝히려 했던 것이다"(서부진언 언부진의 (…) 성인입상 이진의書不盡言 言不盡意 (…) 聖人立象 以盡意—『주역』「계사전상繫辭傳上」제12장). 지칭指稱[즉, 이름]의 한계가 또한 그랬다. 사물의 이름은 사물의 진실을 다 담아 내지 못한다. 이름은 대상의 본연이 아니기 때문이다. 초월은 바로 이 대상의 본연을 두고 하는 말이다. 부처님과 제자 수보리須菩提가 주고받은 문답을 좀 더 자세히 들여다보자; "내가 반야바라밀이라 한 것은 반야반라밀이 아니라 이름이 반야바라밀이기 때문이다. 수보리여, 그대 생각은 어떤가. 여래가 법을 말한 바가 있는가" "세존이시여, 여래께서는 말씀하신 것이 없습니다" (…) "수보리여, 그대 생각은 어떤가. 32상으로 여래를 볼 수 있겠는가" "아닙니다, 세존. 32상으로 여래를 볼 수 없습니다. 왜냐하면, 여래께서 말씀하신 32상은 상이 아니라 그것의 이름이 32상이기 때문입니다"(불설반야바라밀 즉비반야바라밀 시명반야바라밀 수보리 어의운하 여래유소설법부 세존 여래무소설 (…) 수보리 어의운하 가이삼십이상견여래부 불야 세존 불가이삼십이상득견여래 하이고 여래설삼십이상 즉시비상 시명삼십이상佛說般若波羅蜜 卽非般若波羅蜜 是名般若波羅蜜 須菩提 於意云何 如來有所說法不 世尊 如來無所說 (…) 須菩提 於意云何 可以三十二相見如來不 不也 世尊 不可以三十二相得見如來 何以故 如來說三十二相 卽是非相 是名三十二相—『금강경 金剛經』「여법수지분如法受指分」제13품). 이름은 어느 한 면만을 드러 내 보여 주는 지칭일 따름이다. 그런 점으로 본다면, 시는 우주-영 혼의 체험·인지 앞으로 더 가까이 다가앉기 위해서라도 다의성을 띤 이미지[혹은, 은유와 상징]의 점멸點滅과 더불어 속삭이지 않을 수도 없는 것. 『주역』은 또한 저와 같은 일상사 존재의 음양도陰陽圖[이를 테면, 존망·길흉·선악의 문제들]를 쫓고 있었던 것이다. 천지 만물은 제각각 고립돼 있는 것이 아니기 때문이다.

7

실은 우주의 상象·영혼의 상象이라고 말할 것도 없다. 동쪽의 끝은 동쪽에 있고, 서쪽의 끝은 서쪽에 있다. 원근이 아니다. 상하가 아니 다. 고저가 아니다. 좌우가 아니다. 대대待對가 아니다. 의미의 의미 $[(X)^2]$일 뿐이다. 즉물卽物과 직답直答이 초월이었던 것. 현실과 초월 은 두 몸이 아닌 한 몸이다. 밥이 초월이었다. 경허鏡虛 1849년~1912년 선사는 말년에 갑산으로 은신해 그곳에서 만난 침모에게 밥을 얻어 먹으며 살다가 침모 곁에서 열반했다. 그것이 선사의 초월이었던 것 이다. 명사는 명사가 아닌 동사였던 것. 정신은 그렇게 움직이고 있 었던 것(무엇을 구별하고 또 무엇을 버려야 할 것인가). 정신과 불이 오고 가는 통로를 쳐다보라. 초월의 위치[즉, 의미의 의미=운명적인 의미의 선회旋回]가 보이지 않는가. 시는 무엇인가. 시는, 그 의미를 해석하는 의미의 역기능逆機能일 뿐이다. 시인이 언어의 낱말 혼[즉, 언령言靈=인식의 지평]에 공을 기울이는 까닭은 이 때문이다. 상象의 실태가 의미를 앞지르고 있었던 것.

8

만물은 제각각 불분명해도 좋았다. 세상은 가는 곳마다 초월이 되고, 초월은 가는 곳마다 또다시 즉각적인 방식으로 우리네 세상으로 돌아온다. 시와 삶 속에서 초월이 드러내는 가치는 정신의 명확성을 통해 어떤 때는 형이상학으로 또 어떤 때는 심리적인 응용[혹은, 신화적인 표현]으로 세상의 뿌리 깊은 모순들을 감싸 안는다(이때야말로 초월은 실질적인 의미 공간으로 뒤바뀌는 순간이다). 초월이 없다면 인간은 무주공산 속에서 홀로 길을 잃고 말 것이다. 시인의 지적 호기심은 초월을 만나게 됨에 따라 훨씬 겸손해질 뿐 아니라 좀 더 순수한 정신으로 돌아갈 수밖에 없었던 것. 어느새 그의 꿈과 영혼은 객관적인 각 사물 내면 한복판으로 파고들며 그들 성정과 그들 주변에 대한 비밀스러운 변모와도 깊이 제휴했다. 이미 저쪽에 있는 대상들이 빛을 내뿜어 주는 것만으로도 그는 충분히 안도의 숨을 쉴 수 있었던 것. 이곳에서 그들과 함께 나누는 무의식적인 감각 작용은 어느 순간 도리어 눈에 띄지 않는 예감과 더불어 또 다른 후광에 둘러싸인 채 미완의 의미에 대한 자각으로 몸을 떨게 했다. 저와 같은 자각이란, 말하자면 좀 더 신성화된 시적인 관능이라 할밖에. 그런즉 시인의 주의력은 이제부터는 대상들 발현의 움직임에 붙어 있는 미완의 몸가짐[혹은, 침묵의 영역]을 눈여겨보아야 하리라. 간단히 말해 보자. 그동안은 엉뚱하게도 ('명사화된' 의미 현상에 매달려 있는 한) 은유의 구성 요소들이 초월성의 순수 지각을 가로막고 있었던 것이다. 초월은 비현실의 의미가 아닌 현실체現實體의 현전 활동[즉, '동사']이므로.

9

대상은 어디 있는가. 내가 바라보는 대상은 대상 그 자체가 아니라 내가 바라보는 의식 앞으로 다가온 대상일 뿐이다. 나와 대상의 관련으로 보자면, 대상은 결국은 대상 자체의 역전태逆轉態와 맞물려 있는 형식이라는 것이다. 이는, 주관과 객관의 상보성 complementarity을 받쳐 주는 말로서 현대물리학에서는 그 점 시공간의 예정된 진로를 뛰어넘는 불확정성원리로 치부하는 부분들이다 (하이젠베르크W.K.Heisenberg 1901년~1976년의 『물리학과 철학』). 문학·예술·시 형식 일반에 있어서도 이 부분은 무의미함의 세계로 진입해 들어가는 창조 정신의 고등한 예기豫期이기도 했다(이 통로를 통해 무의미함의 탐험은 또다시 의미의 단순화로 회귀한다). 무의미함에 대한 통찰이 진행되는 순간에도 지금까지 지하에 묻혀 있던 분명한 것들은 좀 더 새로운 생명의 순환 질서로 '떠올라' 오지 않았던가(그것들은 예컨대 본능과 직관의 침잠을 깨고 다시 드러나는 존재의 투사율投射率이리라). 그랬다. 우리는 절망과 마주칠 때 그 절망

곁에 있는 또 다른 희망을 목격하듯이. '지금'이, 영원의 기미幾微가
아니었던가.

10

인간의 정신 속에는 의식의 순수한 발현은 물론이고 아직 자기
자신을 지각하지 못하는 무의식이 함께 뒤섞여 있다. 이 양자의
결합을 통해 우리는 현실을 직시하고, 우주의 신비를 바라보며,
신神의 현시現示를 이해하게 된다. 유有와 무無, 당연함과 우연, 포
용과 충동, 적멸寂滅과 잡답雜沓, 무한과 유한, 낮과 밤, 근원과 현
상의 연결 사이에서 균형을 유지해 온 것도 그 정신의 실행 때문
이다. 이러한 정신이 (시인에게는) 시적인 영감靈感을 불러일으킨
다. 왜 영혼인가. 인간의 영혼이란 우주정신의 현세적인 체용體用
을 자기화하는 각성을 두고 하는 말이다. 이 영혼이 차가운 물질
계界의 보잘것없는 불투명성[이를테면, 불길한 유혹]을 씻어 내
고 시인은 그 자리에 만당의 생기生氣[이를테면, 구체적인 사랑]
를 채워 넣는다. 비유컨대 생명을 보호하는 정신은 밝은 지선至善
이 아니다. 어두운 무의식의 유적이 저러한 정신을 떠받든 원기元
氣였던 것. 불명확한 존재의 흔적들을 찾아보자. 외부는 없다. 시
는 누구의 거울인가. 시는, 초월[즉, 신神]의 거울이다. 시는 설명
할 수 없는 내면[혹은, 확신]의 재현이 아니었던가. 시인 박찬일
의 다음과 같은 시 「떠나서 돌아오지 않는 법」을 읽어 보자(시집
『아버지 형이상학』 2017년, 예술가);

집을 떠나갈 곳 없는 사람, 복되도다

돌아오지 않을 곳 없는 사람

집을 떠날 수 있고 돌아오지 않을 수 있는 사람, 복되도다

그 사람이 나다, 그-라고 말할 수 있는 사람이

그-라고 말해서,

떠나서 돌아오지 않는 것을 말하는 방식

떠나서 돌아오지 않는 법

길을 잃은 방식, 복되도다

누구도 길을 찾아주지 않는 법이

소크라테스Socrates BC 470년경~BC 399년경는 예컨대 "진정한 의미의 정화란 육체의 쇠사슬로부터 영혼이 벗어나는 길"이라는 말을 했다(플라톤Platon BC 427년경~BC347년의 『대화』). 그에 대응해서 시인은 이제야말로 "(아무도) 누구도 길을 찾아주지 않는 법"을 배우라는 점을 권고한다. 마침내 그는 "길을 떠날 수 있고 돌아오지 않을 수 있는 사람, (그 사람이) 복되도다" // "길을 잃은 방식, (그 것이) 복되도다"라는 자연의 '희언希言'(『노자』 23장)을 힘주어 천명한다. 사실상 우리네 인간에게 있어서는 세상에서는 그 같은 삶과 죽음의 강물을 건너는 수밖에 없는 또 다른 길은 펼쳐지지 않는다. 소크라테스는 그래서 아테네 법정이 넘겨주는 독배를 마시고 삶의 자세에 흐트러짐 없이 편안한 마음으로 저승길로 떠나간 것

이었다. 그렇다면, 우리는 어떻게 살아야 할 것인가. ■